MEIN IST DIE VERGELTUNG

MAFIA-BRÄUTE
BUCH 2

LEE SAVINO

MEIN IST DIE VERGELTUNG

»Sie haben gesagt, ich könnte mir meine Belohnung aussuchen. Ich habe dich ausgewählt.«

Es hätte ein einfacher Auftrag sein sollen. Eine Hochzeit aufsuchen. Den Bräutigam hinrichten.

Dann sah ich die Braut in einem Kokon aus weißem Satin, der Spitzenschleier blutbespritzt.

Statt kreischend zu flüchten wie der Rest der Hochzeitsgesellschaft, reckte sie das Kinn vor und starrte mich mit einer Herausforderung in den dunklen Augen an. Ich spürte ein Aufflackern von Gefühlen in meinem kalten, finsteren Herzen ...

Dann schoss sie auf mich. Und ich wusste ...

Ich musste sie haben.

Mein ist die Vergeltung *ist eine in sich geschlossene, dunkle, erotische Romanze mit einem besessenen Auftragsmörder, einer auf Vergeltung sinnenden Heldin und einem Happy End.*

INHALTSWARNUNG

Mord, Tod eines geliebten Elternteils (in der Vergangenheit), Entführung/Verführung, nicht vorhandenes und zweifelhaftes Einvernehmen, Sinnesberaubung und Folter, Käfighaltung, Messerspiele, Blutspiele, Analspiele, Enthauptung.

1

L *ula*

DIE LUFT um den Altar der Kirche herum fühlt sich dicht und schwer an, beladen von Sonntagsgottesdiensten mehrerer Jahrzehnte. Sie riecht nach aufgeblasenen Predigten und unbeantworteten Gebeten. Einen schalen Nachgeschmack steuert zitronige Möbelpolitur bei. Die einzigen Geräusche sind ein gelegentliches Husten und das Knarren der Holzbänke, wenn die Gäste das Gewicht darauf verlagern.

Unter dem Verbrechen an der Mode, das mein Hochzeitskleid darstellt, trete ich von einem Bein aufs andere. Kitschige weiße Satin-Stöckelschuhe kneifen meine Füße. Der einst sattrote Teppich, auf dem ich stehe, ist zu einem kraftlosen Rosa ausgebleicht und zu dünn, um irgendetwas zu dämpfen. Der traditionelle Schleier verhüllt vollständig mein Gesicht. Dadurch kann niemand meine dauerverhärmte Miene sehen.

Neben mir steht mein Bräutigam David. Schuppen sprenkeln die Schultern seines dunklen Anzugs wie Schnee. An seinen Nasenlöchern kleben weiße Rückstände seiner Kokainsucht, die er zu verbergen hofft. Alle paar Sekunden wandert sein Blick zu mir, als wolle er sich vergewissern, dass ich noch neben ihm stehe. Wenn es sich bestätigt, blinzelt er jedes Mal, und in seine stumpfen braunen Augen tritt ein Strahlen, als könne er sein Glück kaum fassen. Aus seiner Sicht bin ich eine Traumfrau aus seinen Fantasien, schlank, elegant, sanftmütig – und weit, weit außerhalb seiner Liga. Trotzdem bereit, ja sogar begierig darauf, ihn zu heiraten. Ein sagenhaftes Wesen, wie ein Einhorn. Er fürchtet, wenn er blinzelt, könnte ich mich in Luft auflösen.

Wenn ich Glück habe, fragen sich die Gäste alle, wie er sich mich geangelt hat, und nicht, warum unsere Verlobung so kurz war oder die Brautseite der Kirche völlig menschenleer ist.

Die Orgeltöne verklingen mit einem Laut wie von einem die Treppe runterfallenden Akkordeon. Der Geistliche räuspert sich.

»Liebe Hochzeitsgemeinschaft ...«, beginnt er. Sein Mundgeruch schlägt mir entgegen.

Den Ort für die Trauung hat Davids Großtante Eunice gebucht, seine einzige noch lebende Verwandte. Um die Sache zu beschleunigen, habe ich alles außer meinem Kleid sie organisieren lassen. Sie hat irgendwo den Schleier ausgegraben, den ich trage, und die Pfingstrosen in meinem Blumenstrauß bestellt. Ich habe ihr gesagt, dass ich allergisch gegen Pfingstrosen bin. Entweder war es ihr egal, oder sie hat sie absichtlich eingebaut. Die Frau hat den Verdacht, dass irgendetwas an mir und dieser Hochzeit faul ist.

Für ein Fossil ist Eunice ziemlich scharfsinnig. Sie wittert einen Schwindel, aber ihr Großneffe ist blind dafür. Aus seiner Sicht bin ich seine wahre Liebe. Ich habe ihm die sanftmütige, von ihm hingerissene Jungfrau so gut verkauft, dass ich mich selbst damit beeindruckt habe. Allein dafür, wie gut ich ihm vorgespielt habe, dass es mir nicht vor seinen Berührungen graut, verdiene ich einen Oscar.

Eunice starrt mich von der vordersten Kirchbank finster an. Ich stelle das Zappeln ein, bis ich einer Schaufensterpuppe in einem Brautschaufenster gleiche, steif, ganz in Weiß gehüllt. Das Kleid habe ich selbst ausgesucht. Es ist ein riesiges, bauschiges Teil aus einem Reifrock und meterweise kratzigem Spitzenmaterial. Perfekt für meinen Plan.

Der Priester leiert über Liebe, Verpflichtungen und all die Dinge, die für diese Ehe nicht gelten. Nur zu gern würde ich ihn auffordern, einen Zahn zuzulegen. Je eher ich verheiratet bin, desto eher kann ich meinen Bräutigam betäuben und mich auf die Jagd nach der wahren Beute machen. *Stephanos.*

Mitten in der langweiligsten Zeremonie der Welt dröhnt der Knall einer aufgestoßenen Tür aus dem Foyer zum Altar. Der Priester hüstelt und verstummt, als er den Faden verliert. Die Bänke knarren, als sich die Gäste neugierig umdrehen.

Ein Spätankömmling? Ich starre den Geistlichen weiter an, ignoriere die Unterbrechung. Erst als David stirnrunzelnd den Kopf dreht und sein teigiger Teint noch bleicher wird, schaue auch ich zurück.

Ein Mann nähert sich durch den Mittelgang der Kirche. Er trägt einen dunklen Anzug und hat das Lächeln einer Viper im Gesicht. Sein weißblondes Haar ist kurz gestutzt. Schatten betonen die Vertiefungen unter den Augen und an den Wangenknochen. Der elegante Anzug verschleiert die

Breite der Schultern und den athletischen Körperbau darunter.

Ein Ruck durchläuft mich. Seine Züge sind so perfekt, dass es geradezu schmerzt, ihn anzusehen. Danach zu urteilen, wie die anwesenden Frauen nach Luft schnappen, denke ich nicht als Einzige so. Aber mir fällt vielleicht als Einziger die tödliche Note in seinem Lächeln und der intensive Ausdruck in seinen Augen auf. Er wirkt eher hungrig als erfreut. Erwartungsvoll.

Durch Jahre im Umfeld gefährlicher Männer geschärfte Instinkte verraten mir, dass dieser Mann zu ihren Reihen gehört.

In der Kirche ist Stille eingekehrt. Das einzige Geräusch ist das Zischen einer in ihrer Halterung erlöschenden Kerze. Eunice starrt den Neuankömmling finster an, die Lippen zu einer blutleeren Linie zusammengepresst. Wer auch immer er ist, sie hält nichts von ihm, der Störung durch ihn oder beidem.

Ist das der Trauzeuge? Wie ein aufziehender Sturm schreitet er direkt auf den Altar und uns zu.

Und je näher er kommt, desto imposanter wirkt er. Der Mann ist größer als David, der mich überragt.

Ohne mich zu beachten, tritt er direkt vor David hin. Der leckt sich die Lippen und weiß offensichtlich nicht recht, wie er reagieren soll.

Der Neuankömmling murmelt: »Stephanos lässt grüßen.« Mit geübter Anmut zieht er David an sich, indem er den rechten Arm um seine Schultern schlingt. Gleichzeitig verschwindet sein linker Arm zwischen ihnen.

In der Umklammerung zuckt David heftig. Eine Mischung aus einem Keuchen und einem Gurgeln dringt von seinen Lippen. Der Eindringling lässt David los und tritt zurück. Dabei blitzt Metall zwischen den dunklen Anzügen auf.

David krümmt sich vornüber. Ein Schwall comicartig rotes Blut schießt aus seiner Brust. Das Ketchup ähnliche Nass spritzt auf meinen Schleier. Auch der weiße Satin meines Kleids bekommt einige Tropfen ab.

Der Fremde tritt beiseite. Sein schlangenhaftes Lächeln wirkt amüsiert. David sackt zu Boden und erstickt an seinem eigenen Blut.

In meinen Ohren klingelt es. Jemand schreit. Es wird panisch gekreischt. Füße stampfen zwischen den Kirchenbänken. Die Bibel des Kaplans knallt mit einem dumpfen Laut auf den antiquierten Teppich. Seine Schuhe verursachen kaum ein Geräusch, als er die Flucht ergreift. Nur ich bleibe zurück und bezeuge, wie das Licht in Davids Augen erlischt.

Blut quillt über sein aschfahles Gesicht und durchtränkt sein weißes Hemd. Das Messer ist ihm mitten ins Herz gefahren. Das ist kein einfacher Stoß. Man braucht Kraft, um jemandem eine Klinge durch die Rippen, den Herzbeutel und in das schlagende, lebenswichtige Organ zu treiben. Und dieser Mann hat es so beiläufig geschafft, als hätte er bloß einen Bruder umarmt und ihm zur Hochzeit gratuliert.

Nur wird keine Hochzeit mehr stattfinden. Die Gäste sind weg, geflüchtet vor einer Hinrichtung durch die Mafia, wie sie wohl richtig vermutet haben. Ich habe einen metallischen Geschmack im Mund, und in meinem leeren Magen brodelt es. Das Echo zugeschlagener Türen verhallt, und ich stehe da, besprizt vom Blut meines Verlobten, während mein Racheplan zu meinen Füßen stirbt.

Wie soll ich jetzt nah an Stephanos rankommen? David

war die beste Verbindung dorthin, die ich hatte. Es sei denn ...

Stephanos lässt grüßen.

Den Anschlag hat Stephanos in Auftrag gegeben. Ich habe die obersten Ränge seiner Organisation studiert, und diesen Killer mit den eiskalten Augen kenne ich nicht. Mit raschelndem Satin drehe ich mich ihm zu.

Aus der Nähe ist er umwerfend attraktiv. Schön wie ein wunderbar ausgewogenes Messer. Schön wie eine Sig Sauer oder eine F-22 Raptor. Atemberaubend und tödlich.

Mir hat er immer noch keine Beachtung geschenkt. Ebenso gut hätte ich einer der Gegenstände auf dem Altar sein können – der Kerzenhalter oder die Tischdecke. Hätte der Anschlag mir gegolten, wäre ich das eigentliche Ziel, hätte er längst zugeschlagen.

Richtig?

Die zu einem selbstgefälligen Lächeln verzogenen Lippen verraten mir, dass ihm das Töten und der Kick der Jagd gefallen. Alles in mir schreit nach Kampf oder Flucht.

Adrenalin flutet meine Adern. Meine Finger beugen sich, möchten sehnsüchtig nach einer Waffe greifen. Der Rest von mir hält still und wartet ab. Mit jeder verstreichenden Sekunde sammle ich mehr Informationen, die meine Möglichkeiten erweitern.

Schließlich sieht mich der Killer an. Der Blick seiner blauen Augen heftet sich auf meine Lippen. Ich habe sie mit einem so knalligen Rot bemalt, dass man es durch den dummen Schleier erkennen kann. Er mustert mich von oben bis unten, betrachtet das besudelte Kleid und den dicken Stoff vor meinem Gesicht. Nichts in seinen Zügen weist darauf hin, dass er mich erkennt.

Wenn er nicht weiß, wer ich bin, sieht er dann gerade eine Braut vor sich, die über ihrem Liebsten steht, zu entsetzt, um auch nur zu schreien? Wahrscheinlich sollte ich entweder wegrennen oder weinen. Ich habe zu viel Zeit damit verbracht, meine nächsten Schachzüge zu berechnen. Also muss ich meine Rolle spielen.

Nur bannen mich diese arktischen Augen so, dass ich mich nicht rühren kann. Er legt den Kopf schief, und einen Moment lang glaube ich, dass er etwas sagen wird.

Tut er aber nicht. Stattdessen kniet er sich hin und überprüft die Augen des Toten auf Lebenszeichen. Mit grausamer Beiläufigkeit wischt er die Klinge seines Messers am Hosenbein von Davids Smoking ab. Dann richtet er sich auf, schenkt mir ein Lächeln und schlendert in die Richtung davon, aus der er gekommen ist.

Mittlerweile hat Davids Blutlache meinen Fuß erreicht. Ich weiche zurück und führe eine Bestandsaufnahme meiner Emotionen durch. Grauen. Verärgerung. Resignierte Ruhe.

Ich werfe den Strauß mit Pfingstrosen auf die nächstbeste Kirchbank, hebe mein Kleid an und stapfte davon. Zum Vordereingang der Kirche, nicht nach hinten. Ich will mich nicht im Gewirr von Davids Freunden und einigen Verwandten verheddern, die alle nicht den Mumm hatten, zu bleiben.

David war mein Weg zu Stephanos. Ich habe gehofft, Stephanos würde bei der Hochzeit auftauchen, damit ich ihn beim Empfang erledigen könnte. Und wenn es dazu nicht gekommen wäre, wollte ich meine »Flitterwochen« dafür nutzen, eine Falle zu stellen und zuschnappen zu lassen.

Ich werde mehr als nur Glück brauchen, um dem Mann noch einmal so nahe zu kommen. Wenn mein Plan funktionieren soll, muss ich einen neuen Zugang zu ihm finden. Und zwar bald. Sofort. Bevor mich mein Cousin Royal aufspürt. Er leitet die *Famiglia* Regis mittlerweile und hat meinen Rachefeldzug von Anfang an nicht gutgeheißen.

Stephanos lässt grüßen. Ironischerweise verkörpert der blonde Auftragsmörder meine beste Chance. Ein Schauder durchläuft mich, als ich an ihn denke. Diese stechenden Augen, dieser kraftvolle Körper. So wunderschön und doch so eiskalt.

Ich reibe mir die Brust. Automatisch ergreife ich dabei den Anhänger der zarten Kette um meinen Hals, ein kleines, zwischen meinen Brüsten ruhendes Schwert. Ich küsse den winzigen Knauf meines Glücksbringers und stecke ihn zurück an seinen Platz.

Dann schreite ich aus der Kirche, will mir ein Taxi zu einem sicheren Unterschlupf rufen, um mich dort umzuziehen und mir ein Glas Whisky zu genehmigen, während ich meinen Plan überarbeite. David zu heiraten, hätte der Anfang vom Ende werden sollen. Jetzt bin ich wieder an der Ausgangsposition. Und ich sehe wie eine durchgebrannte Braut aus. Eine Braut mit Blutspritzern auf dem Kleid.

Was für eine Scheiße.

Kaum bin ich durch die Tür hinaus, packt mich jemand von hinten. Starke Arme umklammern mich so, dass ich mich nicht rühren kann. Metall blitzt auf. Mit einer fließenden, geübten Bewegung hebt mein Angreifer am blutigen Mieder vorbei ein Messer und setzt es mir an die Kehle.

»Nicht so schnell, meine Schöne«, säuselt mir der Killer mit rauer Stimme ins Ohr. »Du kommst mit mir.«

2

Victor

DIE BRAUT IST EIN WARMES, nicht ganz williges Bündel in meinen Armen. Sie lässt die Füße über den Boden schleifen, setzt sich aber nicht zur Wehr, als ich sie auf den Rücksitz des wartenden Autos verfrachte. Bei diesem Job habe ich einen Chauffeur, doch zwischen ihm und dem Fond ist eine Trennwand. Ich kann mich ungestört mit meinem neuen Spielzeug vergnügen.

Sie lässt sich neben mir auf dem Sitz nieder, füllt den Platz mit Unmengen von weißem Satin aus. Eine Braut am Tag ihrer Hochzeit, der Inbegriff von Liebe, Unschuld, Reinheit und allem anderen, was ich nie erlebt habe. Solche Dinge enthält die Welt einem seelenlosen Menschen wie mir vor.

Aber jetzt gehört sie mir. Mein Blut gerät in Wallung. Ich muss mich zwingen, mich zurückzuhalten, cool zu bleiben und die Kontrolle zu bewahren. Sie ist eine unvergleichliche Beute. Ein Triumph, den ich so lange wie möglich auskosten möchte.

Der Wagen fährt an, und die Braut plumpst gegen die Rückenlehne. Ihre Brust hebt und senkt sich rasant, wodurch sich die zarte Silberkette um ihren Hals kräuselt. Der ungewöhnliche Anhänger daran ist mir schon in der Kirche aufgefallen – eine winzige Waffe. Zu lang für einen gewöhnlichen Dolch, zu kurz für ein Schwert. Ein altmodischer Poignard.

Ich strecke einen Finger aus und streiche damit über die zahnstocherdünne Spitze der Klinge. Dabei berühre ich auch die Braut selbst. Eine Gänsehaut breitet sich über ihre Brust aus, und meine Beute zischt hinter dem Schleier.

Ich lasse sie nicht kalt. Ihre unterschwellige Reaktion erzielt bei mir die Wirkung einer knallroten Fahne bei einem Stier. Adrenalin durchströmt mich. In meinem Schritt zuckt es. Meine Finger juckt es danach, mein Geschenk auszupacken.

Ich ergreife den Rand des Schleiers und hebe ihn an. Dabei bewege ich mich langsam und zärtlich, ahme höhnisch nach, wie sich ein Bräutigam verhalten sollte. Und wieder überrascht sie mich. Sie wehrt sich nicht dagegen, schlägt meine Hand nicht weg. Stattdessen hält sie still. Ihre Brust hebt und senkt sich in dem engen Oberteil schneller.

Ihre Augen sind bezaubernd, dunkel, samten. Sie ist eher auffällig als hübsch, das Kinn schmal, aber ausdrucksstark, die Nase scharf wie ein Stilett. Ihr Make-up ist subtil und perfekt, abgesehen von den hervorstechenden blutroten Lippen. Jedes Haar der eleganten Hochsteckfrisur ist an seinem Platz. Für die Zeugin eines blutigen Mords und das Opfer einer Entführung ist sie auffallend ruhig.

Was in mir den Wunsch weckt, sie zu brechen. Ich habe

ihren Bräutigam vor ihren Augen getötet, und sie hat dabei keinen Mucks von sich gegeben. Erst dachte ich, sie stünde unter Schock. Aber sie ist ruhig geblieben.

Wer ist sie? Bei den Recherchen für den Auftrag habe ich mich mehr auf die Anordnung der Kirche konzentriert. Die Zielperson war ein Zivilist, ein Niemand. Auf den ersten Blick hat für seine Braut und Gäste dasselbe gegolten.

Aber diese Frau mit dem Miniaturmesser um den Hals ist mehr, als sie zu sein scheint.

Ich entspanne mich auf dem Sitz, will ihr das erste Wort überlassen. Der Wagen biegt in eine Gasse, schlängelt sich Richtung Osten durch die Stadt.

»Warum?«, fragt sie schließlich.

Ich lege den Kopf schief. »Warum was?«

»Warum haben Sie ihn umgebracht?«

»Zunächst mal denke ich, aufs Siezen können wir angesichts der Lage verzichten. Und es war ein Job. Nichts Persönliches.« Eine enttäuschende Zielperson, die sich nicht mal gewehrt hat.

Sie schnaubt. »Ein Messer ins Herz? Eine Kugel wäre einfacher gewesen.«

Ich ziehe eine Augenbraue hoch. Sie erweist sich mit jedem verstreichenden Moment als rätselhafter. Ist sie wie ich gefährlich? Ich hoffe es. Sie zu erobern, wird eine herrliche Herausforderung.

»Ich bevorzuge Klingen. Das ist intimer. Respektvoller.« Ich tätschle mein Jackett dort, wo sich mein Lieblingsmesser zum Töten verbirgt.

»Also bist du ein Psychopath.«

Ein unerwartetes Lachen steigt in mir auf. »Du sagst das so, als wär's was Schlechtes.«

»In deiner Branche dürfte es wohl nützlich sein.«

»Meiner Branche?«

»Auftragskiller. Du hast doch gesagt, dass es nichts Persönliches war.« Sie klingt ungeduldig, als wüsste sie, dass ich mich absichtlich dumm stelle.

Ich habe mich für Hysterie gewappnet. Auf unkontrollierbare Tränen, Rotz und Wasser, panisches Gezappel. Sogar eine Mafiaprinzessin würde in der Lage die Fassung verlieren und Drohungen ausstoßen oder um ihr Leben flehen.

Ihre kontrollierten Reaktionen verblüffen und erfreuen mich.

»Und was ist mit dir? Immerhin habe ich deinen Bräutigam direkt vor dir umgebracht.«

»Ich stehe unter Schock.«

So klingt sie aber nicht. Eher so, als hätte ich sie beim Mittagessen gestört.

Wie wird sie wohl aussehen, wenn ihr Lippenstift von meinen Küssen verschmiert ist und ich ihr das Haar zerzaust habe?

Bald werde ich es wissen. Bei dem Gedanken verspüre ich ein Ziehen im Schritt. Das Monster in mir brüllt auf, will entfesselt werden. Ich lasse es vorerst an der Leine. Meine Beute ist dicht neben mir, aber noch argwöhnisch. Ich will sie feurig und kampfbereit. Sie soll mich so verzweifelt wollen wie ich sie.

Ich habe mich immer gefragt, wie es wohl wäre, eine Braut an ihrem Hochzeitstag auszuprobieren. Sie zu berühren, sie zu kosten, sie zum Stöhnen zu bringen. Mit meiner Arbeit gehen viele verruchte Freuden einher, aber diese habe ich noch nie erlebt.

Jetzt bietet sich die Gelegenheit. Dass mich diese Braut hassen könnte, finde ich nur umso verlockender.

Ich verführte sie in ihrer Hochzeitsnacht, nur Stunden, nachdem ich ihren Verlobten abgestochen habe.

Und ich werde dafür sorgen, dass sie es genießt.

Ihr Schleier rutscht über die Stirn. Sie schiebt ihn wieder hoch. Ich drücke ihre Hand weg. Langsam, vorsichtig entferne ich jede Haarnadel und sehe ihr dabei in die Augen.

Nach drei Nadeln schaut sie aus dem Fenster, doch die Röte auf ihrer olivfarbenen Wange stammt nicht von ihrem Make-up. Endlich eine Reaktion.

Ich nehme ihr den Schleier ab, lasse mein Fenster runter und den Wind den dünnen weißen Stoff mitreißen. Der Schleier weht davon und tänzelt hinter dem Auto in der Luft wie ein Geist. »Besser?«

»Viel besser.«

Ich rücke näher zu ihr, beanspruche von der Sitzbank mehr, als mir zusteht. Sie funkelt mich finster an. Ich recke das Kinn vor, fordere sie stumm heraus, sich zu beschweren.

Mehrere Herzschläge lang herrscht zwischen uns ein elektrisierendes Knistern. Am liebsten würde ich sie auf dem Sitz nach hinten drücken und sofort nehmen. Nur dank jahrelanger Übung darin, meine niedersten Triebe zu zügeln, kann ich der animalischen Anziehungskraft widerstehen, die mein Herz in ihrer Gegenwart schneller schlagen lässt.

Wenn ich nach der Gänsehaut auf den Erhebungen ihrer herrlichen Brüste in dem engen, weißen Mieder gehe, empfindet sie wohl ähnlich. Vielleicht geht sie auch lediglich auf Angst zurück – die für jemanden, dessen Handwerk der Tod ist, ein nützliches Werkzeug sein kann. Sie kann jemanden dazu bringen, einen zu lieben oder zu hassen. Oder beides gleichzeitig. Und das Beste daran ist, dass die Symptome von Angst – beschleunigte Atmung, erhöhter Puls – vom Körper leicht mit Erregung verwechselt werden.

»Wie heißt du?«, frage ich.

Sie presst die Lippen zusammen, bevor sie antwortet. »Vera. Du?«

Ich lege den Kopf schief, während ich überlege, ob ich es ihr sagen sollte. »Willst du das wirklich wissen?«

Ich gebe ihr Zeit, darüber nachzudenken, was es bedeuten würde. Der gesunde Menschenverstand besagt, dass ein Entführer, der einem das Gesicht zeigt und seinen Namen preisgibt, nicht die Absicht hat, einen lange am Leben zu lassen.

Das ist ihr bewusst. Sie zögert und leckt sich die Lippen, während sie gründlich überlegt. Der Anblick ihrer Zunge jagt einen Anflug von Erregung durch meine Mitte. Ich verlagere auf dem Sitz das Gewicht, um den Druck der Hose auf meine rasant anschwellende Erektion zu verringern.

»Ja«, antwortet sie schließlich und besiegelt damit ihr Schicksal. Diesmal lässt mich schiere Lust einen roten Schleier sehen wie sonst die Blutgier, die ich in der Regel beim Erlegen meiner Beute verspüre.

Ich kann nicht verhindern, dass ein grausames Lächeln meine Lippen verzieht, als ich sage: »Victor.«

Sie nickt kaum merklich. Immer verhalten, so kontrolliert. Genau wie am Altar, wo sie ursprünglich meine Aufmerksamkeit erregt hat. Ihr Bräutigam war tot, die Hochzeitsgäste hatten die Flucht ergriffen, und sie hat mir schweigend gegenübergestanden. Kein Geschrei, kein Weinen. Keinerlei Emotionen. Dafür konnte ich spüren, wie unter dem Schleier ihr Verstand gearbeitet hat.

Wenn ich sie nur aufschneiden und ihre Gedanken freilegen könnte. Aber das ist kein Zeitpunkt für das Messer. Ich muss andere Waffen einsetzen, die mir zur Verfügung stehen, um sie aufzubrechen. Worte. Meine Lippen. Meinen Schwanz.

»Du hast mir immer noch nicht gesagt, warum du ihn umgebracht hast.«

»Deinen Verlobten? Das war etwas zwischen ihm und Stephanos. Ich war nur der Bote.«

»Musste es ausgerechnet während der Hochzeit sein?«

»Mir wurde gesagt, es soll öffentlich passieren. Als Spektakel. Eine Warnung, die griechische Mafia nicht zu bescheißen.«

»Idiot«, murmelt sie, und ich weiß, dass sie nicht mich damit meint. Nur ein Narr würde Geld von Stephanos abzweigen.

»Redet man so über seinen Auserkorenen?«

Sie beißt sich die rote Unterlippe. Und trifft eine Entscheidung. »Wir waren noch nicht besonders lange zusammen.«

Das erklärt ihre mangelnde Trauer. Die Herausforderung, sie zu verführen, ist gerade tausendfach einfacher geworden. »Dann gern geschehen. Die Rettung, meine ich. Du weißt ja, wie es heißt. ›Heiraten in Eile ...‹«

Sie meidet meinen Blick und schüttelt den Kopf.

»Das Kleid steht dir nicht.« Ich nehme mir Freiheiten, streiche mit einem Finger über ihr Oberteil und lasse ihn über ihre Brust kreisen. Sie starrt mich finster an, als wolle sie mich beißen.

Ich wünschte, sie würde es.

»Bist du immer so gut bewaffnet?« Schmunzelnd tippe ich auf den Anhänger der Halskette.

»Immer.«

Ich setze die Erkundung ihres Körpers fort, lote ihre Reaktionen aus. Das Kleid ist wirklich scheußlich. Es musste sich um ein gebrauchtes Modell handeln, etwas Altes für diese merkwürdige Tradition. Warum sonst sollte sie entscheiden, so ein Ding zu tragen? In einer Rüstung würde sie besser aussehen. In etwas Glattem und Silbrigem. Modern gestaltet.

Etwas, das dem Dolch an ihrer Kehle würdig wäre.

Der Wagen erreicht ein Stoppschild, hält kaum richtig an und rollt weiter. Die wichtigste Regel beim Verlassen eines Tatorts lautet, dabei gegen keinerlei Gesetze zu verstoßen. Ich muss mit Stephanos über sein Fluchtprotokoll reden. Er ist nicht unbedingt der diszipllinierteste Anführer. Es kommt einem Wunder gleich, dass er sein Territorium schon so lange hält.

»Wohin fahren wir?«

»An einen Ort, wo wir ungestört sind.« Damit verstumme ich und warte darauf, dass sie sich gegen mich zur Wehr setzt. Ich lege die Hand auf ihre Taille und streichle sie durch das steife Oberteil. Sie spannt den Körper an, allerdings erst, nachdem ich gespürt habe, wie ein Schauder durch sie gegangen ist.

Die Eisprinzessin ist gar nicht so eisig, wie sie zu sein scheint.

Ich senke den Kopf, schmiege mich an ihr Haar. Ihr komplexes Parfüm riecht teuer, doch darunter nehme ich ihre Essenz wahr. Ich atme ihren Duft ein, giere nach mehr. Unwillkürlich verstärke ich den Griff an ihr und verspüre den Drang, ihr das Kleid vom Leib zu reißen. Zwischen mir und ihrer nackten Haut sollte sich nichts befinden. Die stahlharte Latte in meiner Hose droht, den Stoff zu sprengen. Bald werde ich ihre feuchten geheimen Stellen erkunden und ihre Essenz direkt von der Quelle lecken und aufsaugen.

Das Auto biegt um die letzte Kurve. Vor uns befindet sich das nichtssagende, fünfstöckige Wohngebäude, in dem ich lebe. Ich streiche mit der Handfläche über ihre Brust und suche nach der leichten Erhebung ihres Nippels unter den Stoffschichten.

Sie dreht sich von mir weg, starrt aus dem Fenster. Hält sie Ausschau nach einer Fluchtmöglichkeit? Ich ziehe von ihrem Nippel eine Linie zu der Silberkette und schiebe den Anhänger beiseite, damit ich ihren anmutigen Hals küssen kann. Ihre Haut erzittert unter meinen Lippen.

Als das Auto zum Stehen kommt, stellt meine Beute die Frage, auf die ich gewartet habe. »Warum hast du mich entführt?«

»Stephanos hat gesagt, ich könnte mir meine Belohnung aussuchen.« Meine Lippen senken sich auf ihre Schlagader. »Ich wähle dich aus.«

3

Lula

ICH WÄHLE DICH AUS, sagt er, als wäre damit alles erklärt. Weiß er, wer ich bin? Mein Nachname ist Romano, also ahnt er vielleicht nichts von meiner Verbindung zur Familie Regis, selbst wenn er die Hochzeitsanzeige gelesen hat. Als er sich erkundigt hat, wie ich heiße, habe ich ihm einen falschen Namen genannt – Vera, wie meine Mutter. Eine Erinnerung für mich, warum ich hier bin. An meinen Beweggrund und mein Ziel. *An meinen Plan.*

Victor ist mit mir in ein Industriegebiet der Stadt gefahren, in einen Betondschungel. Weit und breit ist keine Menschenseele unterwegs. Auch Autos sieht man kaum. Als mich mein Entführer mich aus dem Auto zerrt, erhasche ich einen flüchtigen Blick auf den Fahrer, einen Kerl mit rasiertem Schädel und buschigem Vollbart, der stur nach vorn starrt. *Da gibt's nichts zu sehen.* Von ihm ist keine Hilfe zu erwarten.

Wegrennen kann ich nicht. In diesen Schuhen würde ich ungefähr fünf Schritte schaffen, bevor mich Victor, der messerverliebte Psychopath, einholen würde. Es ist besser, das gefährliche Spiel aufrechtzuerhalten.

Stephanos hat gesagt, ich könnte mir meine Belohnung aussuchen. Mir fällt schwer zu glauben, dass sich Victor mich als Belohnung ausgesucht hat, ohne zu wissen, wer ich bin. Aber auf dem Rücksitz hatte sein Interesse an mir weniger mit meiner Herkunft zu tun, vielmehr mit meinem Körper.

Meinem verräterischen Körper. Mein Gesicht lodert immer noch davon, wie heftig ich errötet bin. *Hör auf damit. Hör auf, dich von einem Killer aufgeilen zu lassen.*

Victors Schatten fällt auf mich. Er riecht nach Schnee, klar, frisch, kalt. Seine Lippen sind voll, der Rest seiner Züge – Wangenknochen, Kieferpartie, Nase – ist zu scharf geschnitten, um menschlich zu sein. Er wirkt wie ein Elfenkönig, der unsere Welt zu seinem Winterhof erkoren hat.

Als er mir eine große Hand auf den Rücken legt, kribbelt meine Haut unter dem Oberteil. Er zieht eine weißblonde Braue hoch und verzieht belustigt den Mund. Offenbar wartet er, ob ich einen Fluchtversuch unternehmen will.

Aber ..., meldet sich meine Libido zu Wort. *Aber er ist so schön ...*

Er streckt mir eine Hand entgegen. Um ein Haar hätte ich sie ergriffen. *Hör auf!*

Mein Körper verrät mich erneut, indem ein hoher Absatz unter mir wegrutscht und ich gegen meinen Entführer falle. Er hebt mich auf seine Arme und trägt mich über die Schwelle, wie es sich bei einer Braut gehört. Und wie eine Vollidiotin schlinge ich die Arme um seinen Nacken, fühle mich an ihm sicher und geborgen.

Für jeden Beobachter würden wir wie ein frisch vermähltes Paar aussehen. Macht er das für irgendwelche versteckten Kameras? Um zu belegen, dass ich freiwillig mitgemacht habe?

Wahrscheinlich nicht. Wenn man so viele Menschen auf dem Gewissen hat wie vermutlich Victor, spielt eine ergänzende Anklage wegen Entführung keine große Rolle mehr.

Er befreit eine Hand für den Abdruckscanner der Zugangskontrolle des Gebäudes. *Elektronisch gesichert. Interessant.* Dadurch verwandelt sich dieser langweilige Betonblock von einem Wohngebäude in ein Schurkenversteck. Mit weniger würde sich ein Auftragskiller wie Victor wohl auch nicht begnügen.

Hinter der Tür kommt ein elegantes, quadratisches Foyer zum Vorschein. Es beherbergt nur einen Aufzug mit einer weiteren Zugangskontrolle an der Wand daneben.

»Fast da, Schönheit«, murmelt Victor, und ich blinzle, um nicht die Augen zu verdrehen. Nur weil er mich wie eine Braut trägt, habe ich noch lange nicht vergessen, wer er für mich ist. Eigentlich sollte ich darum kämpfen, zu entkommen.

Später. Victor ist meine beste Chance, an Stephanos ranzukommen. Mich an ihn dranzuhängen, ist genauso gut, wie die Petropoulos-Bande zu infiltrieren. Ich muss es nur überleben.

Der Fahrstuhl selbst benötigt einen dritten Handabdruck, bevor er uns in die oberste Etage bringt. Die Türen öffnen sich direkt in ein schwach beleuchtetes Penthouse. Subtile Deckenleuchten gehen an, als Victor mich erneut über die Schwelle trägt. Die Luft ist ein paar Grad kühler, als ich es erwartet hätte. Oder vielleicht liegt es an der kalten, sterilen Wirkung des Dekors. Ein Großteil des riesigen Apartments besteht aus einem großflächigen Raum mit grauem Betonboden, Edelstahlgeräten und weißen Ledersofas. Alles ist glänzend, modern und makellos. Ein langer Tisch mit einer durchgehenden Quarzplatte sieht sauber genug aus, um darauf eine Operation durchzuführen. An diesem Ort könnte Victor jemanden umbringen und mühelos das Blut beseitigen.

Vielleicht hat er das bereits.

»Jetzt bin ich also hier.« Meine Stimme hallt in dem gewaltigen Raum wider. »Wie geht's jetzt weiter?«

»Das weißt du.« Seine Stimme sinkt eine Oktave, und ich würde am liebsten die Augen verdrehen. Nur spricht meine Libido erneut darauf an.

Seit wann entsprechen sexy Psychopathen meinem Typ?

Aus meiner Hochsteckfrisur hat sich eine Strähne gelöst. Er hebt die Hand, wickelt sie um einen Finger und reibt mit dem Daumen darüber. Diesmal gelingt es mir, einen Schauder zu unterdrücken. Und ich frage mich auch nicht, wie sich seine Finger auf meiner nackten Haut anfühlen würden. Das geht mir *nicht* durch den Kopf.

»Kommt mir vor wie ein von Richard III. inspirierter Fetisch. Du verführst eine Braut, nachdem du ihren Bräutigam umgebracht hast?«

»Du warst dir ohnehin nicht sicher. Das hast du doch gesagt, oder?« Je mehr ich mit ihm rede, desto deutlicher erkenne ich einen osteuropäischen Akzent. Nicht Ukrainisch. Aber nah dran.

»Das heißt noch lange nicht, dass ich seinen Tod wollte.«

»Und doch hast du dabei zugesehen und nicht reagiert. Kein Weinen. Keine Hysterie. Nur die Rädchen in deinem Kopf haben sich gedreht und deine Pläne angepasst.«

Victors gletscherblaue Augen blicken tief in meine. Er scheint fest entschlossen zu sein, mich zu knacken.

»Du lässt mich so kalt klingen.« Und obwohl ich bei *La Famiglia* tatsächlich im Ruf stehe, eine eiskalte Mafiaprinzessin zu sein, berüchtigt für ihre scharfzüngige Arroganz, schmerzt es, als gefühllos hingestellt zu werden.

»Nein, meine Schöne.« Als seine langen Finger am Satinärmel meines Kleids zupfen, kann ich nicht verhindern, dass ich erschauderte. »Du bist das Gegenteil von kalt.«

Mein Gesicht wird noch heißer. Verdammt. Meine Gedanken kann ich verbergen, nicht jedoch meine Lust, die nach einem jahrelangen Dornröschenschlaf hungrig zum Leben erwacht. Es ist eine Weile her, seit ich zuletzt einen One-Night-Stand hatte. David habe ich verführt, indem ich ihn durch die Wimpern hindurch schmachtend angehimmelt und gekünstelt über seine schlechten Scherze gelacht habe. Vor den Altar habe ich ihn mit dem Versprechen bekommen, ihm meine Jungfräulichkeit – *Ha!* – zu schenken, sobald ich rechtmäßig seine Frau wäre.

Kurzum, mein Liebesleben hat eine ziemliche Durststrecke hinter sich. Mein Körper war bereit, diesen Mann regelrecht zu bespringen und auf das Blut an seinen Händen zu pfeifen.

»Wirst du mich umbringen?«

»Ich verspreche, dass dir heute Nacht nichts passiert.«

Keine Ahnung, warum, aber ich glaube ihm. Trotzdem muss sich die Anwältin in mir absichern. »Und morgen früh?«

Darauf antwortet er nicht sofort, sondern spielt nur weiter mit meinem Haar.

»Victor?« Während ich warte, reibe ich den Schwertanhänger meiner Halskette zwischen Daumen und Zeigefinger.

»Wir werden sehen.«

Das ist der Grund, warum ich ihm glaube. Er achtet sorgsam darauf, was er verspricht. Wenn er die Wahrheit sagt, habe ich ein Zeitfenster von zwölf Stunden, um zu entkommen.

Kein Problem. Es gibt eine narrensichere Möglichkeit, am Leben zu bleiben und meinen Entführer in den Tiefschlaf zu versetzen.

Ich werde ihn verführen.

Er tritt näher. Seine Ausstrahlung, sein bestehend gutes Aussehen und seine Intensität bringen mich ins Wanken.

Ich suche nach etwas, um ihn abzulenken. Etwas anderes als mich. Ich bin seine Unterhaltung für die Nacht. Allerdings brauche ich eine Minute, um mich zu wappnen und auf meinen Auftritt vorzubereiten.

»Ich muss auf die Toilette«, verkünde ich und streiche mit der Hand über meine Halskette.

Er tritt zurück und deutet mit der Hand auf einen Raum hinter der Küche. Dabei hat er wieder dieses verhaltene Lächeln aufgesetzt, das besagt: *Ich weiß, dass du Zeit schindest.* Macht nichts. Mir ist lieber, er hält mich für widerstrebend, als dass er erahnt, was ich wirklich vorhabe.

Der Badezimmerspiegel zeigt mir eine überraschend lebhaft wirkende Braut. Dank Victors mich erkundenden Berührungen habe ich noch ein zartes Rosa in den Wangen. Meine Erregung wird mir zum Vorteil gereichen.

Ich werde meine Reaktion auf ihn einfach nicht allzu genau analysieren.

An meinem Kleid ist Blut. Das hatte ich vergessen. Victor ist am Altar aus dem Weg gegangen, hat nichts abbekommen, aber ich bin nah genug geblieben, um bespritzt zu werden. Die rostfarbenen Flecken sehen bereits alt aus.

Ich verrichte mein Geschäft, danach tarne ich mit dem

Geräusch der Toilettenspülung und des aufgedrehten Wasserhahns den wahren Grund, warum ich einen ungestörten Moment brauche. Ich beuge mich vor, ziehe das Kleid hoch und löse das versteckte Pistolenholster von meinem rechten Oberschenkel.

Bist du immer so gut bewaffnet?

Immer.

Ich nehme den Griff der kompakten Pistole in die Hand und lasse mich von dem kühlen Gewicht stärken. Eigentlich habe ich mir die Waffe in der Hoffnung ans Bein geschnallt, Stephanos würde sich bei der Hochzeit blicken lassen und ich könnte ihn beim Empfang wegpusten. Die Sig Sauer P365 ist mein Baby, die kleinste Pistole, die ich besitze. Zum Glück bin ich im Auto nicht durchsucht worden. Aber der Aufschub wird nicht mehr lange währen. Danach zu urteilen, wie Victor mich angesehen hat, will er mich im Bett haben, und zwar bald.

Ich könnte jetzt rausgehen, schießen und die Nacht beenden, bevor sie beginnt. Nur bekomme ich dann keine Chance, Stephanos eine Falle zu stellen.

Vorsichtig, um keine verräterischen Geräusche zu verursachen, öffne ich den Schrank unter dem Waschbecken und verstecke die Waffe samt Holster hinter einem ordentlichen Stapel Toilettenpapier. Dann richte ich mich auf und wasche mir die Hände. Keinen Moment zu früh.

Der Türknauf dreht sich, und Victor schlendert herein. Ich habe absichtlich nicht abgeschlossen – das Klicken hätte in ihm höchstens den Verdacht erregt, ich hätte etwas zu verbergen. Also bin ich einfach davon ausgegangen, dass er meinen Wunsch nach Privatsphäre respektieren würde.

Aber die Gnadenfrist ist vorbei.

Ich begegne seinem Blick im Spiegel. Meine Wangen werden wieder heißer. Mit den roten Lippen sehe ich mehr als bereit dafür aus, die Verführerin zu spielen. »Hilfst du mir mit dem Kleid?«

Er nähert sich, tritt dicht an mich heran. Ich beuge mich über den Waschtisch, bis das Schwert an meiner Halskette ins Becken zeigt, und starre Victor im Spiegel an. Sein Lieblingsmesser blitzt zwischen uns auf. Jeder meiner Muskeln spannt sich an.

Victor zieht das Messer hinten über mein Kleid hinauf und schneidet die altmodischen Knöpfe davon ab. Es erschlafft an mir. Die gebauschten Ärmel welken von meinen Schultern. Ich will sie abstreifen, doch Victor gibt einen tadelnden Laut von sich. »Nein«, sagt er und schwenkt das Messer, während mich seine eisigen Augen im Spiegel ansehen. »Rühr dich nicht.« Er setzt die Klinge an der Haut meines Rückens an. Nah genug, um den Haarflaum dort abzurasieren. »Atme nicht mal.« Dann schneidet er die Schnüre durch.

Durch das Gewicht des Stoffs sackt das Kleid mit einem schweren Rascheln zu Boden. Abgesehen von den durchscheinenden Strümpfen, dem Strumpfband, dem BH und dem Slip bleibe ich nackt zurück.

Für die Hochzeitsnacht hatte ich einen Plan. Ein paar Flaschen Wein, ein bisschen Rohypnol in Davids Glas, etwas auf die Laken gekleckstes Blut, schon hätte ich ihm am nächsten Morgen vorsäuseln können, dass er unglaublich toll war. Und Idiot, der er war, hätte er es geglaubt. Immerhin hat er mir auch abgekauft, dass ich ihn liebe, noch Jungfrau bin und mich ihm hingeben würde, sobald wir verheiratet wären.

Zu meinem persönlichen Vergnügen trug ich meine Lieblingsunterwäsche, die eine helle, belebende Farbe aufweist. *Etwas Blaues.* Genau die Schattierung von Victors Augen.

Im Gegensatz zu meinem Cousin Royal glaube ich nicht an Schicksal. Wenn ich es aber täte, würde ich sagen, dass es etwas im Schild führt. Das hinterhältige Miststück.

Viktor in seinem dunklen Anzug bildet eine düstere Kulisse für mein praktisch nacktes Ich. Das Schwarz seiner Pupillen hat sich ausgeweitet und das Blau beinah verschluckt. Er murmelt etwas in seiner Muttersprache. Einen Fluch oder ein Kompliment. Jedenfalls erklingt es leise und beruhigend, damit ich stillhalte, während er mit den langen Fingern über meinen Rücken, meine Schultern, meine Arme streicht. Wenn er dabei das Messer nicht mehr in der Hand hielte, wäre ich entspannter.

Ich schlucke und nehme allen Mut zusammen. Bevor ich mich umdrehen kann, drückt er gegen meinen Rücken und presst meine Hüften gegen das Waschbecken. Ich kann nicht verhindern, dass Angst in meinen Augen aufflackert. Seine Hand gleitet über meinen Bauch. Der Griff des Messers zieht dabei einen Abdruck durch meine Haut. »So wunderschön«, murmelt er an meiner Schulter und küsst die empfindsame Stelle am Übergang zum Hals.

Es wäre so einfach für ihn, das Messer an meine Kehle zu heben, mir tief in die Augen zu blicken und meine Halsschlagader zu durchtrennen, während er mir süße Nichtigkeiten ins Ohr säuselt. Aber irgendetwas sagt mir, dass er das nicht wird. Keine Ahnung, warum ich so überzeugt davon bin. Ich lehne mich in die starke Umarmung meines Entführers. Meine Brüste heben und senken sich im Takt meines rasanten Herzschlags. Da ich mir nicht die Schuhe von den Füßen gestreift habe, bin ich durch die zusätzlichen Zentimeter groß genug, dass seine Erektion gegen meinen Hintern drückt.

Dann spreizt er mit dem Fuß meine Beine. Ich beobachte das wunderschöne Gesicht des Tods, bin hilflos, kann ihn nicht aufhalten, als er die linke Hand zwischen meine Schenkel schiebt. Seine Augen weiten sich, als er mein Geheimnis entdeckt, das ich vor ihm verborgen habe.

So verdammt feucht wie jetzt gerade bin ich bisher nie gewesen. Geilt mich etwa die Gefahr auf, abgestochen zu werden? Wirkt die Angst wie ein Aphrodisiakum? Weckt sie in mir das Verlangen nach einem niederen Beweis dafür, dass ich noch lebe?

Seine rechte Hand ruht mit dem Messer als unausgesprochener Drohung auf meinem Bauch, die linke streichelt über den durchnässten Zwickel meines Slips von La Perla. Erregung flammt tief in meinem Innersten auf. Eine Weile halte ich durch, aber als sein Mittelfinger durch den Stoff gegen meine empfindsame Öffnung drückt, senken sich meine Lider flatternd auf halbmast.

»Sieh mich an«, befiehlt er. Ich gehorche, bin dankbar für den harschen Ton seiner rauen Stimme. Besser, ich verliere mich nicht. Besser, ich lasse meinen Gegner nicht aus den Augen.

Er senkt den Kopf, atmet tief ein und drückt mir einen Kuss auf die Schulter. Dann hebt er das Messer an und bewegt es über mein Schlüsselbein zum BH-Träger. Mit einem Schnippen aus dem Handgelenk schneidet er ihn durch und entblößt meine linke Brust. Eine Gänsehaut breitet sich über meinen Oberkörper aus. Er streicht darüber, stößt auf den Nippel und bespielt ihn mit dem Daumen. Mit einem schweren Schlucken halte ich still. Die Klinge des Messers ist *so nah*. Victor weiß, dass ich mir dessen bewusst bin und mich fürchte. Seine Lippen verziehen sich zu einem grausamen Lächeln, als er das Messer geschickt herumdreht, den Griff wie einen zweiten Finger benutzt und meinen Nippel zwischen ihn und seinen Daumen klemmt.

Das ist zu viel. Jäh komme ich und erzittere dabei heftig. Hitze schießt durch meine Brust, die rosig anläuft. Einen Aufschrei unterdrücke ich zwar, dennoch kann ich meine Reaktion nicht vor ihm verbergen.

Ich bin gerade in den Armen meines Entführers gekommen.

Er lässt meinen Nippel los, dreht das Messer neuerlich um und schneidet mit der Klinge meinen Slip weg. Als Nächstes folgt der Rest meines BHs. Das Strumpfband und die Strümpfe selbst verschont er, aber sie betonen nur zusätzlich, wie nackt und verletzlich ich vor ihm stehe.

Er hebt die linke Hand, mit der er mich zum Höhepunkt gebracht hat. Meine Säfte haben seine Manschette durchnässt. Er leckt sich meine Essenz von den Fingern und beobachtet mich dabei im Spiegel.

Wieder hält er das Messer an der Klinge, bevor er es zwischen meine Beine senkt. Er drückt den Griff in mich. Geschmiert von meinen Säften, gleitet er mühelos in mich.

Als ich unwillkürlich zucke, schlingt er den freien Arm um mich und setzt mich zwischen ihm und dem Waschbecken fest. Ein hübsches Bild geben wir ab – eine nackte Frau, die Brust von einem Orgasmus gerötet, und hinter ihr ein wunderschöner Mann, der sie an seinem kraftvollen, in einem Anzug steckenden Körper fixiert. Man muss nur genau hinsehen, um die Spitze eines Messers in seiner Hand zu erkennen – und das Monster, das sich lauernd hinter seinem Lächeln versteckt.

Er schiebt den Messergriff in mir vor und zurück, fickt mich damit so tief, dass ich vermeine, ihn hinter dem Bauchnabel zu spüren. Er weiß genau, in welchem Winkel er die Waffe halten muss, um in mir die richtigen Stellen zu treffen. Schaudernd kämpfe ich gegen einen weiteren aufsteigenden Orgasmus an.

»Wehr dich nicht dagegen, Schönheit«, haucht er, zieht den Griff aus mir und schiebt ihn zurück hinein. Meine triefende Pussy verursacht dabei einen schmatzenden Laut. »Gib auf.«

Mehrere Stöße mit dem Messergriff treffen meinen G-Punkt, und es ist um mich geschehen. Wieder komme ich. Diesmal hauche ich dabei den Atem aus. Es ist nicht ganz ein Stöhnen.

»So still.« Victor lacht mir leise ins Ohr. »So kontrolliert. Aber ich bringe dich schon noch dazu, für mich zu schreien.«

Er neigt mich nach vorn. Seine linke Hand landet auf meiner Hüfte. Als ich aus dem Gleichgewicht gerate, stütze ich mich am Spiegel ab. Dabei blicke ich in meine eigenen dunklen Augen. Meine Wangen sind hochrot. Mein Entführer hat mich nicht nur einmal, sondern zweimal zum Kommen gebracht.

Und er ist nicht fertig mit mir.

Victor pflanzt die rechte Hand neben meine auf den Spiegel. Immer noch hält er das Messer. Der Griff glänzt glitschig von meinen Säften. Die lange Klinge klirrt gegen das Glas.

Meine Waffe befindet sich direkt unter dem Waschbecken. Zwar würde ich einen Moment brauchen, um sie herauszuholen, aber ich konnte ihn ablenken und es jederzeit tun. Allerdings hat er versprochen, dass ich diese Nacht überleben würde.

Sein rauer Atem haucht gegen mein Haar. Mit der freien Hand fingert er an seiner Kleidung und legt nur den Teil von sich frei, den er braucht, um sich in mir zu versenken. Ein Ruck, eine Anpassung, dann drückt er die Hand auf meine, hält mich mit seinem Körper und Blick gefangen. Seine Eichel stößt an meine Pforte, und meine Muschi trieft vor Verlangen. Mit einem langen Stoß pfählt er mich und hebt mich auf die Zehenspitzen. Ich beuge mich über den Waschtisch. Meine Halskette klirrt auf dem Marmor, meine Schreie hallen in dem kleinen Raum wider. Ich verliere den Bodenkontakt und einen Schuh, bevor auch der andere auf den Boden fällt. Victor legt den Arm um meine Taille und hievt mich höher. Ich bin größer als der Durchschnitt der Frauen und kein Leichtgewicht. Trotzdem fühle ich mich wie eine Stoffpuppe, während ich in seinem Griff baumle. Ein Spielzeug in seinen Händen. Victor stößt in mich, und ich nehme mit offenem Mund und runden roten Lippen alles auf. Er schlägt einen gnadenlos hämmernden Takt an.

Und ich komme und komme, während ich auf seiner stahlharten Männlichkeit wippe und bebe. Eine Nadel löst sich aus meiner Hochsteckfrisur. Mein dunkles Haar fällt herab und verhüllt mein Gesicht wie ein Schleier. Ich werfe den Kopf im Versuch hin und her, mir die Strähnen aus den Augen zu schütteln. Das Schwert an der Kette tänzelt unter meiner Kehle.

»Ja«, raunt Victor mit knurrendem Unterton, und mir wird bewusst, dass ich wimmere. *Nein, nein, nein.* Meine Erregung schwillt abermals an, und eine unerbittliche Welle der Lust droht, mich unter sich zu begraben. Meine Pussy zieht sich um seinen Schaft herum zusammen, als wolle sie ihn tiefer in sich saugen.

Wieder und wieder klatsche ich gegen den Spiegel, kämpfe um Halt und neige die Hüften, um noch mehr von Victors riesigem Prügel aufzunehmen. Er scheint in mir zusätzlich angeschwollen zu sein, denn er stößt so tief an meinen Gebärmutterhals, dass mir die Augen nach oben rollen. Hitze schießt mir in den Kopf und die Mitte. Und schon wieder erklimme ich den Gipfel der Lust. Meine Zuckungen katapultieren auch Victor näher zur Ziellinie.

Er drückt mich hoch, schiebt meinen Körper über den Waschtisch nach vorn, bis meine Wange gegen den Spiegel gepresst wird. Mein Blick heftet sich auf die Klinge des Messers, die wenige Zentimeter von meinem Gesicht entfernt funkelt.

Und schließlich ist es vorbei. Er spritzt ab und pulsiert dabei derart heftig, dass er damit ein Nachbeben mehrerer Miniaturhöhepunkte in mir auslöst. Ich erschlaffe, zu ausgelaugt, um mich noch länger zu stützen.

Er zieht mich in seine Arme und streicht mir die Haare aus den Augen. Kurz legt er eine Pranke auf meine Wange.

Dann drückt er mich auf die Knie. Ich sinke auf den dicken Perserteppich, der die Fliesen bedeckt, verfehle nur knapp meine zu Boden gefallenen High Heels. Victors Erektion wippt vor meinem Gesicht, verblüffend dunkel im Vergleich zur Blässe seines restlichen Körpers. Außerdem gewaltig, steif und benetzt von meiner Essenz. Ich öffne den Mund, aber er tritt zurück und hält mir stattdessen den Griff des Messers an die Lippen.

»Lecken«, befiehlt er und krallt eine Hand in mein Haar. Erregung durchströmt mich, donnert durch meine Ohren. Ich lehne mich vor und strecke die Zunge aus. Als ich über den glatten Griff lecke, schmecke ich mich selbst. Dann schiebt er ihn mir in den Mund. Ich entspanne die Kehle, als das Messer bis zu ihr in meinen Rachen vorrückt.

Dabei erfasst mich leichte Panik. Er reagiert darauf, indem seine Lider auf halbmast sinken. *Sadist.* Ich ignoriere das verlangende Pulsieren in meiner bereits wunden Pussy und kralle die Finger in den Stoff seiner Hosenbeine. Er fickt mich mit dem Messer, mit dem er David umgebracht hat, in den Mund. Und ich gebe mein Bestes, um es so tief wie möglich aufzunehmen.

Schließlich lässt er mich los und zieht das Messer

zurück. Als er mir mit dem Daumen über die Unterlippe fährt, fällt mir ein, dass ich meinen Lieblingslippenstift aufgetragen habe. Dunkelrot. Wie vergossenes Blut. Zu knallig für den Alltagsgebrauch. Eigentlich auch für eine Braut. Mein einziges kleines Zeichen von Trotz.

Victor murmelt etwas in seiner Muttersprache, leise und säuselnd wie ein Wiegenlied. »Braves Mädchen.« Er legt mir die Hand auf die Wange. Mühsam kämpfe ich dagegen an, mich an sie zu lehnen und sein Lob zu akzeptieren. Ich darf nicht vergessen, was ich vorhabe.

Ihn verführen. Überleben.

Niemals aufgeben.

Sein bestes Stück ist nur Zentimeter von meinem Gesicht entfernt. Beim bloßen Gedanken daran, es in mich eindringen zu fühlen, zieht sich mein Innerstes zusammen. Ich bin froh, dass ich die Pille nehme.

Wenn ich ihn verführen will, fange ich besser sofort damit an. Als ich die Hand nach seiner Männlichkeit ausstrecke, zieht er mich an den Haaren zurück. »Nein. Nicht hier. Ich bin noch nicht fertig mit dir.«

Er zerrt mich an den Armen hoch und wirft mich über seine Schulter. Das dunkle Haar hängt mir übers Gesicht. Flüchtig erhasche ich im Spiegel einen Blick auf meine skeptische Miene, bevor er das Licht ausmacht und mich hinausträgt.

4

Victor

Meine Belohnung wehrt sich nicht, als ich sie dorthin trage, wo ich sie haben will. In meinem Schlafzimmer. Nachdem ich sie aufs Bett gelegt habe, richte ich einen Finger auf sie. »Bleib.«

Sie funkelt mich zornig an. Mit schiefgelegtem Kopf warte ich ab, ob sie rebellieren will. »Soll ich dich lieber ans Bett fesseln?«

Immer noch wirkt sie, als könnte sie aufbegehren. Was sich ändert, als ich die Hand hebe, um die Manschettenknöpfe abzunehmen und auf die Kommode zu werfen. Ich öffne erst das Jackett, dann die Knöpfe des Hemds. Sie lehnt sich zurück und betrachtet genüsslich jeden weiteren freigelegten Quadratzentimeter meiner Brust. Um mein Grinsen zu verbergen, wende ich den Kopf ab. Wie vermutet, scheint ihr die Show zu gefallen.

Genommen habe ich sie, ohne mich auszuziehen, weil ich nicht so lange damit warten konnte, mich bis zum Anschlag in ihr zu versenken. Irgendetwas an ihr kehrt das Tier aus mir hervor. Noch nie hatte ich vor Begierde einen derartigen Ständer und habe so die Kontrolle verloren.

Dabei besteht gar kein Grund zur Eile. Sie gehört so lange mir, wie ich es will. Zwar habe ich noch nie eine Frau für mehr als eine Nacht gewollt, aber falls das nicht reicht, um mein Verlangen nach ihr zu stillen, spricht nichts dagegen, sie länger zu behalten. Unbegrenzt.

Für immer.

Blinzelnd verdränge ich die Fantasie, wie sie mit offenem Haar in meinem Bett liegt und im morgendlichen Licht blinzelt. Ich muss es mir nicht ausmalen. Immerhin habe ich sie unmittelbar vor mir, nackt auf der Matratze wie eine Opfergabe.

»Spreiz deine Beine«, befehle ich und stütze einen Fuß auf den Hocker am Fuß des Betts, um den Schuh aufzuschnüren. »Zeig mir deine hübsche Pussy.«

Mit gesenktem Kinn überlegt sie. Als ich die Schuhe und Socken ausgezogen habe, steht fest, dass sie nicht gehorchen wird.

Ausgezeichnet.

»Was denn, schüchtern?«, sage ich gedehnt. »Eben erst bist du ziemlich heftig durch mein Messer gekommen. Und dann noch mal durch meinen Schwanz.«

Ihre Nasenflügel blähen sich, als sie sich sichtlich eine Erwiderung verkneift. Kurzerhand entledige ich mich der restlichen Kleidung und trete neben das Bett. Mein Schatten fällt über sie, aber sie zuckt nicht zusammen. Stattdessen reckt sie trotzig das Kinn vor, und ich ergreife es. Ihre Augen wirken düster vor Verlangen. »Hast du vor, dich mir zu widersetzen?«

Ihre Zunge berührt die Oberlippe. »Nein.« Ihre Stimme klingt rauchig, sinnlich. »Nein, ich will das.«

»Wenn du *das* willst« – ich lege die freie Hand obszön um mein bestes Stück, um klarzustellen, wovon wir reden – »dann gehorch mir.«

Da ich ihr Kinn festhalte, kann sie nicht den Kopf schütteln. Aber sie verdreht die Augen. Ich verstärke den Griff. »Nein?«

Sie rappelt sich auf die Knie. Obwohl sie sich dabei auf dem Bett befindet, ist sie deutlich kleiner als ich. Trotzdem bleibt sie stur. »Das willst du nicht.«

Ich lasse die Hand von ihrer Kieferpartie zum Hals wandern. Falls sie die Drohung versteht, lässt sie es sich nicht anmerken. Sie legt die Hände auf meine nackte Haut. Bei ihrer Berührung durchzuckt mich ein Schock. Mein Körper bebt wie der eines Rennpferds unmittelbar vor dem Start. Sie schmunzelt, als wisse sie, welche Kontrolle sie über mich hat.

»Gehorsam ist der schnellste Weg, dich zu langweilen. Und wenn du dich mit mir langweilst, sterbe ich.«

»Glaubst du?«

Sie lässt eine Hand tiefer wandern und löst meine Finger an mir mit ihren ab. »Ich weiß es.«

»Du scheinst keine Angst zu haben.« Ich lasse ihren Hals los, fahre ihre Lippen nach. Der Mundwinkel verzieht sich unter meinem Finger.

»Vielleicht mag ich ja auch Herausforderungen.« Als sie meinen Schaft drückt, stöhne ich tief in der Kehle. Es kostet mich Überwindung, nicht in ihre Handfläche zu stoßen. Obwohl sie bis auf ein Strumpfband und Strümpfe nackt vor mir kniet, hat sie die Oberhand.

Aber nicht mehr lange. Ich packe sie an den Haaren und ziehe sie zurück, bis sie auf der Matratze liegt. Sie lockert den Griff um meine Erektion, und ich rage über ihr auf. »Netter Versuch.«

Nachdem ich ihre Knie gespreizt habe, lasse ich die Hand niedersausen und klatsche ihr mitten auf die Pussy. Sie wirft den Kopf zurück und schluckt, als sie einen Aufschrei unterdrückt. »Das war dafür, dass du keine Anweisungen befolgst.«

Ihre Brust hebt und senkt sich heftig, aber sie lässt keinen Mucks vernehmen. Ich reibe mit zwei Fingern über ihre Schamlippen. Sie ist klatschnass und voll von meinem Samen. Auch wenn sie viel vor mir verbergen kann, ihre Muschi kann es nicht.

Ihre Reaktionen schüren mein Verlangen. Ihre Atmung stockt, aber immer noch rutscht ihr kein Aufschrei oder Stöhnen heraus.

Während ich sie weiter streichle, mustere ich ihre ernste Miene. »Wer hat dir beigebracht, dich so leise zu verhalten?«

Sie schüttelt leicht den Kopf und antwortet nicht.

»So geht das nicht.« Ich massiere mit der freien Hand ihre Kopfhaut, bis ihre Lider auf halbmast sinken. »Ich will dich hören. Deine Schreie, dein Schluchzen, alles dazwischen.« Ihre Lippen teilen sich, ihre Atmung wird träge. »Kannst du das für mich tun?«

»Das habe ich noch nie«, flüstert sie.

»So angespannt.« Ich nehme sie halb in die Arme. Würden meine Finger nicht um ihren Kitzler kreisen, wäre es eine geradezu unschuldige Pose. »So kontrolliert. Wie wäre es wohl, dich mir hinzugeben?«

Flatternd öffnen sich ihre Lider. »Damit du mich im Schlaf abstichst?«

»Mein Messer ist da drüben.« Ich deute mit dem Kopf zur Kommode. »Wenn ich dich umbringen wollte, hätte ich es schon getan.«

Sie lacht schallend auf und entspannt sich. »Da hast du wohl recht.« Sie lehnt sich zurück. Das Schwert an ihrer Halskette hängt schief. Die Spitze drückt gegen ihr Schlüsselbein. Sie richtet es, bevor sie die Arme über den Kopf streckt. Als sie den Rücken durchwölbt, wogen mir ihre Brüste entgegen. »Wie willst du mich?«

»So.« Während sie auf dem Rücken liegt, kann ich mit ihrer Muschi spielen, so lange ich will. »Aber lass los, Schönheit.« Ich zeichne ihre roten Lippen mit ihren Säften nach, bevor ich zwischen ihren Beinen in Stellung gehe. »Und schrei für mich.«

∽

LULA

VICTOR SENKT den blonden Kopf zwischen meine Knie. Unwillkürlich versteife ich mich, aber der großgewachsene Auftragsmörder erweist sich als überraschend zärtlich. Seine Finger streicheln meine Vulva, tauchen zwischen die Schamlippen. Dann ertastet er meinen Kitzler, umkreist ihn und zwingt meinen bereits ausgelaugten Körper, sich zu rühren. Meine Erregung bäumt sich auf.

Er hat nicht gelogen und ist unbewaffnet. Das Messer liegt außerhalb seiner Reichweite. Allerdings ist sein Körper selbst eine tödliche Waffe. In den von der schummrigen Beleuchtung unberührten Schatten zeichnet sich seine große Gestalt schier unglaublich schön ab. Sein Körper gleicht einem Kunstwerk. Jeder Muskel ist klar definiert. Als ich den Kopf hebe, erhasche ich einen flüchtigen Blick auf seinen perfekten Hintern, während er über meine Mitte leckt.

»Oooooh.« Ein kaum hörbares Stöhnen entgleitet mir.

Leise lacht er direkt an meiner Pussy. »So ist's gut, Schönheit. Zeig mir, was dir gefällt.«

Für einen herzlosen Killer ist er ziemlich rücksichtsvoll. Allerdings wirkt nichts daran höflich, wie er das Gesicht an mich presst und mich mit der Zunge fickt. Meine Hüften wiegen sich ihm wie von selbst entgegen. Nur die Breite seiner kraftvollen Schultern hält mich davon ab, seinen Kopf schraubstockartig zwischen meine Schenkel zu klemmen.

Ist das der Zeitpunkt zum Handeln? Meine Waffe ist nicht im Raum, und er kann mich immer noch überwältigen.

Victor neigt den Kopf und saugt an der Innenseite meines Schenkels, während er die Finger in mir krümmt. Und ich bin so verdammt feucht.

Dann streckt er eine Hand nach oben und knetet meinen Busen. »Du denkst zu viel nach.« Er richtet sich über mir auf, ein dunkler Gott in seiner natürlichen Umgebung. Die Beleuchtung bringt sein Haar golden zum Schimmern. »Und du musst dich konzentrieren.« Er massiert meinen G-Punkt und drängt mich damit auf den nächsten Orgasmus zu. »Auf mich. Nur auf mich.« Damit sinkt er herab und stülpt den Mund über meine Brust. Die mich durchströmende Hitze fühlt sich an, als könnte ich in die Matratze schmelzen. Eigentlich will ich mich wehren, ihn wegdrücken, doch seine Finger und sein Mund wirken eine Magie, die meine Welt verschwimmen lässt. Selbst wenn ich es versuchte, könnte ich nicht gegen ihn ankämpfen.

Seine Zähne erreichen einen Nippel, und ich schnappe nach Luft, als sie ihn leicht kneifen. Meine Scheidenwände ziehen sich um seine Finger herum zusammen.

»Ah, es braucht also eine Prise Schmerz«, denkt Victor

mit dem Mund nach wie vor zwischen meinen Brüsten laut nach. »Ich frage mich, ob ...« Seine Finger werden gröber und kneifen mich. Sein Daumen verharrt auf meiner Klitoris, der Rest der Finger dehnt meine Pforte. Es ist fast zu viel. Ich schnappe nach Luft und öffne den Mund, als würde sich meine Muschi dadurch weiten und ihn aufnehmen.

Wieder beißt er in den Nippel, schrammt mit den Zähnen über die empfindsame Erhebung, und damit ist es endgültig zu viel. Die erlesen schmerzenden Stellen an meiner Brust und meiner Mitte entflammen. Die Empfindungen vereinen sich und rauschen wie eine Flutwelle durch mich. Glühende Hitze füllt mich aus und erfasst sämtliche Nervenenden. Ich komme so heftig zuckend, dass es sich anfühlt, als würde ich vom Bett abheben. Victor drückt mich nach unten, säuselt ein Lob und übersät meine Brüste mit Küssen.

Während ich langsam vom Höhepunkt zurück herabschwebe, klingelt es in meinen Ohren von meinen Schreien. Meine Lenden schmerzen mittlerweile vom ständigen Ansturm der Orgasmen.

»Sehr gut. So wunderschön.« Zwei seiner Finger sind noch in mir, aber er hat den Druck des Daumens verringert. Er hat mich vollständig in der Hand.

»Großer Gott«, stoße ich mit brüchiger Stimme hervor. »Ich bin in der kurzen Zeit mit dir öfter gekommen als mit allen meinen anderen Lovern ... zusammen.«

»Das sagt weniger über mich aus als über sie.«

Mein Lachen tönt glockenhell durch die Dunkelheit. »Du hast recht. Oh Gott.« Sein Schatten fällt über mich, und ich vergrabe das Gesicht mit den Händen. »Ich hab mit dem Mörder meines Verlobten geschlafen.«

»Und es genossen. Eine bessere Hochzeitsnacht, als du erwartet hast?«

Ja. Ich presse die Lippen zusammen. Wenn er will, dass ich es laut zugebe, kann er lange warten.

Er fasst meine Stille als Herausforderung auf und zieht mich an den Beinen näher zu sich. Dann winkelt er die Hüften an und gleitet tief in mich. Meine Füße hievt er sich über die Schultern. Als er sich über mich lehnt und mich verbiegt, bin ich dankbar, dass ich rigoros Yoga betreibe. Er geht mit mir wie mit einem Spielzeug um, einer Puppe, die er nach Belieben anordnen kann. Ich könnte behaupten, es wäre mir zuwider. Aber als mich seine Eichel beim Eindringen dehnt, kann ich nicht die sengende Erregung leugnen, die mich durchflutet. Ich will sein Gewicht auf mir, will die schweren, perfekt geformten Muskeln spüren. Ich will seine Hände an mir, seine von seinem tödlichen Handwerk zugleich grausamen und geschickten Finger.

Ich will ihn. Ihn kann ihn belügen, aber nicht mich selbst. Die lodernde Scham, die ich empfinde, steigert die Lust nur zusätzlich.

Ich schreie der Decke entgegen, als er in mich taucht, mich vollkommen ausfüllt, meine Ekstase höher und höher schraubt. Mein Körper spannt sich an und knistert wie ein stromführender, abisolierter Draht, während meine Schreie schier endlos in die Nacht hallen.

5

Lula

LANGSAM WACHE ICH AUF. Im Mund habe ich das Gefühl von Watte. Meine Gliedmaßen plagt schwerer Muskelkater. Ich hebe den Kopf und blinzle im trüben grauen Licht. Selbst die leichte Bewegung jagt Zuckungen durch meine Mitte und erinnert mich an die Stunden, die mich Victors Monsterschwanz gepfählt hat.

Die ganze Nacht. Er hat mich mit einem Messergriff gevögelt. Und dann gewöhnlich gefickt.

Schrei für mich, hat er befohlen – und ich habe es getan. Meine Kehle ist wund davon. Wieder und wieder hat er mich abwechselnd geleckt und genommen. Und ich bin gekommen.

Oft.

Trotzdem will ich es erneut.

Victor liegt in die Laken verheddert neben mir. Sein

breiter Körper wirkt im Schlaf unverändert kraftvoll, aber sein Gesicht sieht friedlich aus. Das jungenhafte, weißblonde Haar steht im Widerspruch zur Perfektion seiner scharf geschnittenen Züge. Er ist wunderschön, zu schön für Worte, ein zur Erde abgestürzter Engel.

Ich habe ihn als Killer bei der Jagd auf seine Beute erlebt. Ich habe ihn belustigt und arrogant erlebt, als er mich abwechselnd grinsend aufgezogen oder mir befohlen hat, zu gehorchen. Da war es einfach, ihn zu hassen. Aber während ich ihm beim Schlafen zusehe, seine große Gestalt die Matratze niederdrückt und seine hellen Wimpern auf den unteren Lidern ruhen, regen sich zärtliche Gefühle in mir. Wie wäre es wohl, Morgen für Morgen, Tag für Tag neben so jemandem aufzuwachen?

Ein verrückter Gedanke. Ich muss mich stählen. Damit ich bereit dafür bin zu tun, was ich muss. Victor ist nur eine Figur in diesem Schachspiel der Vergeltung. Ein Mittel zum Zweck. Unsere Zeit ist vorbei.

Es bringt nichts, davon zu träumen, was hätte sein können.

Leise stehe ich auf und gehe ins Badezimmer, um mich zu erleichtern. Die Fetzen meines Hochzeitskleids bilden auf dem Boden einen Haufen. Ich werde mir Kleidung leihen müssen.

Als ich mir an die Brust fasse, bemerke ich, dass meine Halskette fehlt. Ich muss sie verloren haben. Oder sie wurde mir in der Hitze der Leidenschaft runtergerissen. Aber ich habe keine Zeit, danach zu suchen.

Ich schlüpfe in die weißen Satinschuhe, die als Einzige die vergangene Nacht überlebt haben, bevor ich mich hinhocke, um meine Waffe aus dem Versteck zu holen.

Pfeif auf Victor. Ich bin näher als je zuvor an Stephanos dran. Zeit, die Falle zu stellen und zuzuschlagen.

. . .

VICTOR

ICH ERWACHE mit einem Gefühl träger Befriedigung und dem Geschmack einer entweihten Braut im Mund. Meine Lider und mein Körper fühlen sich schwer an, als hätte ich tief und fest geschlafen und mich stundenlang nicht gerührt. Ich habe schon sehr lange nicht mehr durchgeschlafen. Vielleicht seit meiner Kindheit nicht.

Die Braut – Vera – hat meine Albträume verbannt.

Jetzt ist sie wach und bewegt sich im Apartment herum. Will sie fliehen? So gern ich neben einer nackten Schönheit aufgewacht wäre, nun wollte ich wissen, was sie unbeaufsichtigt tun würde.

Ich hatte nicht damit gerechnet, so tief zu schlafen. Vielleicht hätte ich sie vor dem Eindösen fesseln sollen.

Gut möglich, dass ich es heute Abend mache. Bisher wollte ich nie mehr als eine Nacht mit einer Frau verbringen. Aber sie ist anders. In ihr steckt ein Rätsel, das ich erst noch lösen muss.

Etwas sticht in meiner Handfläche. Ich öffne sie. Ohne Überraschung stelle ich fest, dass sich der winzige Dolch in den Muskel unter meinem Daumen gebohrt hat. Ich drehe ihn so, dass er meine Handfläche von oben nach unten teilt. In der Hitze des Gefechts habe ich ihr die Halskette abgerissen und die ganze Nacht im Schlaf umklammert.

Als ich leise Schritte im Flur höre, entspanne ich mich im Bett. Sie ist nicht gegangen. Ich wundere mich über das Gefühl der Erleichterung, das mich durchströmt. Ein weiteres Rätsel, das es zu lösen gilt.

Die Tür schwingt auf. Ich hebe den Kopf, um sie mit einem Lächeln zu begrüßen.

Allerdings kommt als Erstes der kurze Lauf einer grauen Pistole zum Vorschein. Die Waffe ist kompakt, zierlich, perfekt für Veras feingliedrige Hand. Als Nächstes erscheint Vera in einem faszinierenden Outfit – mit meinem hellbraunen Trenchcoat und ihren High Heels. Ist sie unter dem Mantel nackt? Der Anblick entfacht eine ganze Reihe neuer Fantasien.

Sie richtet die Waffe direkt auf meine Brust.

Das also hatte sie unter all dem weißen Satin versteckt. Ich war zu überzeugt, zu besessen von meinem Sieg. Deshalb habe ich sie nicht gefilzt.

Bist du immer so gut bewaffnet?

Der Dolch in meiner Faust bohrt sich in die Haut. Ich verstärke den Griff, um ihr nicht zu zeigen, was ich in der Hand halte, und will mich aufsetzen.

»Nein«, blafft sie. »Bleib, wo du bist.«

»Was soll das?«

»Du hattest deinen Spaß. Jetzt bin ich dran.«

Schmunzelnd sinke ich auf die Kissen zurück. »Du hattest auch Spaß, Schönheit.«

Sie ignoriert die Bemerkung, obwohl mir die leichte, in ihre Wangen kriechende Röte verrät, dass die Worte sie nicht so kalt lassen, wie sie es gern hätte. »Rühr dich nicht. Atme nicht mal.« Sie fasst in die Tasche meines Mantels und holt ein kleines schwarzes Handy heraus. »Wie lautet der Code?«

Es ist das Wegwerfgerät, das ich für diesen Auftrag benutzt habe. Ich hatte vor, es heute zu entsorgen, sobald ich Stephanos kontaktiert hätte, um mich zu vergewissern, dass die Abschlusszahlung erfolgt war.

»Du steckst voller Überraschungen.« Ich nenne ihr den Code. Ohne hinzusehen, gibt sie ihn ein.

Ich könnte vorpreschen und sie angreifen. Vielleicht würde ich mir dabei eine Kugel einfangen, vielleicht auch nicht. Sie hat noch nicht bewiesen, ob sie überhaupt schießen kann.

Nur würde ich dann nie erfahren, was sie als Nächstes vorhat.

Wir starren uns gegenseitig an, die Pistole zwischen uns.

Sie hat mich weder im Schlaf umgebracht, noch als ich sie gezwungen habe, ins Auto einzusteigen. Ebenso wenig hat sie versucht, den Tod ihres Bräutigams zu verhindern. Stattdessen hat sie sich vergangene Nacht von mir ausziehen und zum Orgasmus ficken lassen. Wieder und wieder.

»Wenn du unzufrieden mit mir als Lover bist, musst du mich deswegen nicht gleich abknallen.« Entspannt strecke ich mich auf dem Bett aus. »Komm her und lass es mich wiedergutmachen.«

»Halt die Klappe.« In ihrem Gesicht flackern keinerlei Emotionen auf. Ich kann zwar nicht sehen, wie sich die Rädchen in ihrem Kopf drehen, aber ich weiß, dass sie gerade krampfhaft überlegt, was sie mit mir machen soll.

Was ist ihr oberstes Ziel? Ganz gleich, wie sich die Lage entwickelt, etwas steht fest. Vera ist das Interessanteste, was mir seit Jahren untergekommen ist.

»In der Nachttischschublade sind Handschellen, falls ...« Ich wollte ihr eine Option bieten, aber sie fällt mir ins Wort.

»Wolltest du mich umbringen?«

»Nicht letzte Nacht. Nicht heute. Nicht, solange du interessant geblieben wärst.«

»Danke für die Ehrlichkeit.« Sie nickt. Offenbar ist sie zu einer Entscheidung gelangt. »Ist nichts Persönliches.«

Den Bruchteil einer Sekunde, bevor meine Ohren den Knall eines Schusses registrieren, fährt mir etwas in die Eingeweide.

∽

Lula

Als ich es zum *Three Diner* schaffe, humple ich in meinen High Heels. Zehn Blocks von Victors Wohngebäude haben gereicht, dass sich Blasen an meinen Füßen gebildet haben.

Während des gesamten Wegs ist immer wieder vor meinem geistigen Auge abgelaufen, wie ich auf Victor geschossen habe. Ein gequältes Brummen war der einzige Laut, der zwischen seinen zusammengebissenen Zähnen hervorgedrungen ist, aber seine Augen haben eisige Dolche auf mich abgefeuert. Ich bin nicht geblieben, um zu beobachten, wie Blut aus der Wunde über seine nackte Brust gesprudelt wäre. Vor meinem geistigen Auge läuft es trotzdem wie ein Film ab. Ein üppiger, weinroter Fleck, der sich über die weißen Laken ausbreitet, während die angestrengte Atmung des großen Killers den Soundtrack dazu beisteuert.

Victor ist der Erste, den ich erschossen habe, aber er wird nicht der Letzte bleiben. Er war ein Boxenstopp auf meinem Weg zur Vergeltung. Mit ihm bin ich fertig. Es gibt kein Zurück.

Ich werde einfach ignorieren müssen, wie sich mein Körper nach den Orgasmen sehnt, die er mir beschert hat.

Mein Ziel ist ein langes, niedriges Gebäude am Rand der Unitatem University. Es sieht aus, als hätten ein Anhänger und ein Airstream ein Kind gezeugt. Herausgekommen ist dabei dieses Diner mit der silbrigen Fassade. Die Neonreklame in Form einer rosa »3« kennzeichnet den Standort seit über fünfzig Jahren.

Meine Hand klatscht an den Türrahmen. Als ich eintrete, flattert mir Victors Trenchcoat um die bestrumpften Waden. Darunter bin ich nackt wie ein für die spezielle Fantasie eines Freiers gekleidetes Callgirl. Nur meine Strümpfe, die Schuhe und das Strumpfband haben Victors Messer überlebt. Und ich habe heute Morgen keine Zeit damit vergeudet, seine Schubladen nach Kleidung zu durchwühlen. Ich habe mir einfach einen Mantel und sein Wegwerfhandy geschnappt, ihn erschossen und bin gegangen.

Jahrelange Schießstandbesuche mit meinem Vater haben dafür gesorgt, dass ich eine gute Schützin bin. Ich hätte auch auf die T-Zone zielen können, die Stelle zwischen den Augenbrauen. Ein Treffer dort bedeutet den sofortigen Tod. Schnell und sauber. Viel zu gut für einen kaltblütigen Mörder wie Victor.

Etwas hat mich davon abgehalten.

Ich habe ihm in den Bauch geschossen. Solche Wunden führen zu einem langsamen, qualvollen Tod. Aber wenn er es schafft, sich zu einem Telefon zu schleppen, und rechtzeitig medizinisch versorgt wird ... Dann schätze ich seine Überlebenschance auf vielleicht fünfzig Prozent.

Ich weigere mich, Schuldgefühle zu empfinden. Victor würde keinerlei Gewissensbisse dabei haben, mich abzustechen. Es gibt keinen Grund, warum ich einen weiteren Gedanken für ihn erübrigen sollte. Immerhin habe ich ihn nur eine Nacht lang gekannt.

Aber ... was für eine Nacht!

Im Lokal ist es düster. Der Großteil des Lichts stammt von dem verglasten Kühlschrank zu meiner Rechten. Es erhellt mehrere Fächer mit fluffiger Zitronen-Baiser-Torte. Das Dekor ringsum reicht in die 1950er Jahre zurück, weil das Diner damals zuletzt renoviert worden ist. Die Fensterseite säumen ausgebleichte rote Lederbänke und Tische aus Metall. Gegenüber erstreckt sich eine lange Theke mit rot gepolsterten Metallhockern davor. Die Wände sind blaugrün gestrichen und überraschend sauber. Die Luft riecht nach reinstem *Eau de Pommes*. Könnte man den Duft als Parfüm abfüllen, würde ich ihn täglich tragen.

»Eine Person?« Die Kellnerin greift sich eine folierte Speisekarte, ohne mich anzusehen. Die Bedienung in dem Laden gilt als notorisch unhöflich, aber kein Gast würde es wagen, je ein Wort darüber zu verlieren. »Tisch oder Theke?« Die Kellnerin hat die Reibeisenstimme einer siebzigjährigen Kettenraucherin. Unter ihrer kurzärmeligen weiß-rosa Uniform lugen die Ranken dunkler Tätowierungen an beiden Armen hervor.

»Einen Tisch bitte.« Nur weil das Personal hier unhöflich ist, muss ich es noch lange nicht sein.

Die Kellnerin stakst davon, ohne darauf zu achten, ob ich ihr folge. Ich klacke auf meinen albernen High Heels hinter ihr her. Die einzigen Gäste in dem Diner sind ein Greis an der Theke, der aussieht, als hätte er seinen Platz seit vier Jahrzehnten nicht verlassen, und zwei Arbeiter an einem nahen Tisch. Die beiden Männer schauen zu mir auf, als ich vorbeigehe. Rasch wenden sie sich wieder ab. Ich muss wohl meinen Gesichtsausdruck einer Eisprinzessin zurückhaben. Oder sie wissen, dass man Gäste des *Three Diner* lieber nicht zu eingehend mustert.

»Kaffee?«, fragt die Kellnerin und klatscht die Speisekarte vor mich hin.

»Bitte. Und die Spezialität des Hauses, wenn's recht ist. Nummer drei.«

Ihre falschen Wimpern zucken nicht, als ich den Code nenne. Sie deutet nur mit dem Kopf auf die Speisekarte und geht davon.

Ich trommle mit den Fingernägeln auf der Metalltischplatte. Beim Geruch von Rührei und Pommes läuft mir das Wasser im Mund zusammen. Aber wenn ich jetzt etwas esse, schlafe ich ein. Ich blicke auf das Revers von Victors Mantel hinab und vergewissere mich, dass er nicht aufgeklappt ist und ich den Arbeitern ungewollt eine Peepshow liefere.

Das *Three Diner* hat drei Besitzer. Ich weiß nicht, wen ich heute bekommen werde. Die Älteste, die jüngere Schwester oder die Tochter, die sie zusammen adoptiert haben.

Keine fünf Minuten später lässt sich eine junge Rothaarige mit dunkler Brille auf der Bank mir gegenüber nieder. Sie ist blass und groß. Ihre Arme wirken in der weiß-rosa Uniform zu dünn. Die Kellnerin kommt vorbei und serviert uns beiden Kaffee. Die junge Frau wartet, bis sie wieder weg ist, bevor sie das Wort ergreift.

»Lucrezia Romano«, sagt sie in melodischem Ton. Ihr Haar beißt sich mit dem Rosa in der Uniform, umrahmt aber perfekt ihr Gesicht. Obwohl sie aufsehenerregend bezaubernd aussieht, erübrigen die Arbeiter keinen Blick für sie. Nicht, dass sie es mitbekommen hätte. Unter der dunklen, runden John-Lennon-Brille ist sie blind.

»Sie haben nach der Spezialität des Hauses gefragt?« Ihre Stimme klingt wie eine über einen Stadtplatz tönende Glocke.

»Richtig«, bestätige ich.

»Wie können wir Ihnen helfen?«

»Ich habe heute Mittag einen Termin. Bei Stephanos.«

Sie presst die Lippen zusammen. »Meine Mütter haben mir erzählt, dass Sie schon mal hier waren und nach seinem Aufenthaltsort gefragt haben.«

»Jetzt kenne ich ihn.« Ich lege das Wegwerfhandy auf den Tisch, das Victor für mich entsperrt hat. Da ich mich gut genug als Victor ausgegeben habe, konnte ich Stephanos dazu bringen, mir den Treffpunkt zu übermitteln, ein Restaurant am Rand seines Territoriums. »Ich bezahle den Zehnten.«

»Seit einiger Zeit, das haben meine Mütter mir erzählt. Sie arbeiten schon so lange an dieser Mission.« Ihre Stimme hallt seltsam wider, als wären wir in einer großen Kathedrale statt in einem beengten Diner. »Ich biete Ihnen jetzt die Möglichkeit, davon abzulassen.«

Ich beuge mich vor. »Es gibt kein Zurück. Ich weiß, dass Stephanos meine Mutter ermordet hat. Es hat mich Jahre gekostet, das aufzudecken. Und als es mir gelungen ist, war mein Vater zu alt, um deswegen etwas zu unternehmen.«

»Und Ihr Bruder?«

Ich frage sie nicht, woher sie von Gino weiß. Stattdessen schnaube ich nur abfällig.

Sie nickt. »Ihre Mission ist gerecht. Wir unterstützen Sie. Aber wir brauchen dafür einen Gefallen.« Sie schiebt das Wegwerfhandy zu mir zurück. »Reden Sie mit Ihrem Cousin. Er weiß, dass Sie Stammgast bei uns sind. Er hat angerufen und nach Ihnen gefragt. Benutzen Sie das Münztelefon an der Ecke.«

Ich gehe hin und lasse mich in der Kabine nieder. Kaum habe ich mich gesetzt, klingelt das Telefon vor mir mit einem hellen Ton. Ich zucke zusammen, bevor ich rangehe.

»Lula.« Royal benutzt meinen Familienspitznamen. »Wo steckst du gerade?«

»Du weißt, wo ich bin. Überrascht mich, dass du den Ort nicht beobachten lässt.«

»Ich hab das von der Hochzeit erfahren. Du hast mich nicht dazu eingeladen.«

»Weil ich gewusst habe, dass du nicht damit einverstanden gewesen wärst.«

So wüst, wie er daraufhin auf Italienisch flucht, weiß ich, dass seine Frau Leah nicht in Hörweite sein kann. »Das ist Wahnsinn«, stößt er dann hervor. »Was kann ich sagen oder tun, um dich zurückzupfeifen?«

»Nichts«, erwidere ich mit erstickter Stimme. »Sag meinem Bruder, dass es vorbei ist.«

»Ich könnte deinen Vater dafür umbringen, dass er dich auf diese verrückte Mission gebracht hat.«

»Er ist schon tot.« Und ich bin es so gut wie. Sowohl Royal als auch ich wissen, wie gering die Chance ist, dass ich davon zurückkommen werde. Ich werde bis an die Zähne bewaffnet in Stephanos' Zentrale vordringen.

»Dann verrate mir wenigstens deinen Plan. Ich kann dir Verstärkung schicken. Ich unterstütze dich dabei.«

»Nein. Kannst du nicht. Dafür hast du nicht genug Männer.« Unsere Familie leidet nach wie vor unter den Nachwehen der dummen Entscheidungen seines Vaters. »Außerdem wissen wir immer noch nicht, wer der Maulwurf ist.« Als Royals alter Herr das Sagen hatte, war er so weit gegangen, sich auf Geschäfte mit Stephanos einzulassen. Wir haben uns bemüht, die Beziehung zu kappen, doch hin und wieder verlieren wir Lieferungen.

»Wer auch immer es ist, wird sofort zu Stephanos rennen und ihn warnen, wenn du unseren Plan verkündest.«

Royal flucht.

Ich habe recht, und er weiß es.

»Lula, *per l'amor di Dio* ...«

Anstatt die Verbindung zu trennen, lege ich den Hörer hin und lasse Royal versuchen, die leere Kabine zu überreden, sich nicht allein in die Höhle des Löwen zu wagen.

Er wird mir nie verzeihen, was ich zu tun gedenke. Spielt aber keine Rolle, weil ich danach tot sein werde.

Ein Klicken ertönt. Vor meinen Beinen öffnet sich ein Geheimfach, das einen schwarzen Aktenkoffer enthält. Ich bücke mich und ergreife ihn. Er ist schwerer, als es aussieht, aber ich spanne die Muskeln an und trage ihn aus der Kabine.

Die Rothaarige erwartet mich. »Kommen Sie mit.« Sie führt mich nach hinten und durch die Küche, vorbei an zwei stämmigen Schnellimbissköchen mit tätowierten Armen. Hier ist der Geruch von Pommes und gebratenem Fleisch am durchdringendsten. Die Luft hat eine ölige Dichte, die mir das Gefühl vermittelt, Fett würde meine Haut beschichten.

In der Nähe der Hintertür sitzt eine weißhaarige Frau mit einem roten Tuch um den Kopf über eine große silbrige Schüssel gebeugt und schält Kartoffeln. Neben ihr türmt sich ein Berg brauner Schalen. Meine Begleiterin bleibt vor ihr stehen. Respektvoll schweigend warten wir beide darauf, dass die Frau aufschaut.

»Madonna«, murmle ich.

»Oh nein, das bin ich nicht.« Die Alte lacht gackernd und deutet mit dem Kopf zur anderen Seite der Küche. Dort steht eine große Frau mit von Grau durchzogenem, wikingerblondem Haar und rührt einen Topf mit Suppe um. »Das ist sie. Und wie ich sehe, hast du unsere Kleine schon kennengelernt. Ich bin die andere.«

»Es ist mir eine Ehre.« Ich neigte das Haupt.

Die Alte verengt die Augen zu Schlitzen. »Ich habe deine Mutter gekannt. Ihr Name war Vera, nicht wahr?«

»Ja.«

»Du suchst die Wahrheit, und du suchst sie. Mögest du am Ende beides finden.« Mit einer knorrigen Hand tätschelt sie mir die Wange.

Die junge Rothaarige führt mich durch die Hintertür nach draußen, wo ein unscheinbares schwarzes Auto wartet. Hinter dem Steuer sitzt ein kräftiger Kerl mit Sonnenbrille.

»Er wird Sie absetzen«, teilt sie mir mit, und ihre dunkle Brille dreht sich meinem Gesicht zu. Ich stelle mir ihre blinden Augen darunter vor, groß und starr wie die einer Eule.

»Danke«, sage ich.

»Betrachten Sie die Leistungen als erbracht«, verkündet sie im Ton einer Hohepriesterin. »Ihr Zehnten wird per Tagesende gekündigt.«

Ich spare mir die Mühe, ihr zu erklären, dass es nichts bringt und ich in meinem Testament das Diner und die drei Frauen, die es betreiben, bereits mit einem beträchtlichen Teil meines Erbes bedacht habe.

Meine Mutter hat mich als Erste in das *Three Diner* mitgenommen, als ich noch klein war. Damals habe ich auf der Bank gesessen und die Beine baumeln gelassen, die zu kurz waren, um den Boden zu erreichen. Ich habe einen Milchshake getrunken, während sich meine Mutter im Flüsterton erst mit der tätowierten Kellnerin, dann mit der wikingerblonden Frau unterhalten hat, die nach Frittieröl riechend aus der Küche gekommen ist. Sie hat mir nie verraten, warum wir hingegangen sind. Ich weiß es bis heute nicht. Aber ich werde nie vergessen, was sie mir stattdessen erklärt hat.

»Das Diner ist ein Ort für Frauen, die Hilfe brauchen.«

Es erfüllt mich mit Hoffnung zu wissen, dass dieses Lokal weiterhin für Frauen in Not da sein wird, wenn es mich schon längst nicht mehr gibt.

Sobald ich hinten eingestiegen bin, nenne ich dem Fahrer die Adresse unseres Ziels. Das Auto rollt an und biegt auf die Hauptstraße ab. Während das dunkle Neonschild des Diners im Rückspiegel schrumpft, balanciere ich den Aktenkoffer auf den Knien und öffne ihn.

Die Waffen sind wie Schmuck in Schaumstoff gepackt – schwarz, glatt, tödlich. Eine voll beladene Sig 320 mit beigefügtem Schalldämpfer. Zusätzliche Munition für meine P365. Für beide je ein Holster. Und ein kleines silbernes Röhrchen, das sich als Lippenstift meiner dunkelroten Lieblingsschattierung herausstellt.

Als wir das heruntergekommene Restaurant erreichen, in dem Stephanos Hof hält, bin ich vollständig bewaffnet. Die Sig 320 ruht tief in der Tasche des Trenchcoats, die P365 habe ich mir an den Oberschenkel geschnallt, und ich habe meinen Lippen eine frische Kriegsbemalung verpasst.

»Fahren Sie hier durch«, weise ich den Chauffeur an. Prompt biegt er scharf in eine Gasse ein, die kaum drei Zentimeter breiter ist als unser Fahrzeug. Ich halte den Atem an, als würde uns das helfen, durchzupassen. Als wir die Straße am anderen Ende erreichen, bringt er den Wagen zum Stehen.

»Möge das Schicksal mit Ihnen sein«, sagt er.

Ich rutsche über den Rücksitz, steige aus, ziehe Victors Mantel mit dem Gürtel fest und marschiere an den Müllcontainern vorbei zu dem Restaurant, in dem Stephanos wartet. Als ich mich dem Gebäude nähere, verlangsame ich die Schritte und lasse die Hüften unter dem Trenchcoat verführerisch wogen. Die kühle Luft leckt meine nackten

Beine hoch, als ich einen Nebeneingang finde und hineinhusche.

Drinnen tänzeln Staubflusen in der Luft. Das düstere Restaurant ist voll von ausgebleichtem Dekor und stinkt nach abgestandenem Zigarettenrauch. Flecken auf dem Teppich lassen mich beim Gedanken an den Zustand der Küche schaudern. Die Köche und das sonstige Personal sind zu beschäftigt damit, klirrend mit Töpfen und Pfannen zu hantieren und dabei zu fluchen, um mich zu bemerken. Mit leisen Schritten bewege ich mich nach vorn in die Mitte des Restaurants, vorbei an aufeinandergestapelten Stühlen und einer verwaisten Rezeption.

Das Lokal hat noch nicht geöffnet. Wahrscheinlich dient es zu kaum mehr als dafür, Stephanos bei seinen Geschäftstreffen zu bewirten und sein Geld zu waschen. Über sein Gebiet verteilt hat er einen Haufen solcher Orte und wechselt ständig dazwischen hin und her. Durch seine Paranoia bleibt er am Leben. Jedenfalls hat sie mich davon abgehalten, ihn schon früher aufzuspüren und ihm eine Kugel zwischen die Augen zu jagen.

Hinten im Restaurant brennt ein Licht. Das Geräusch gemurmelter Stimmen dringt zu mir heraus, als ich darauf zusteuere. Zwei große, unrasierte Kerle stehen vor einem Hinterzimmer Wache. Synchron drehen sie sich um und erstarren, als sie mich erblicken. Zwei Zigaretten glimmen in den Schatten.

»Kann ich dir helfen, Süße?«

»Ich bin als Geburtstagsüberraschung hier.« Meine Stimme ertönt leise und säuselnd, ergänzt um einen leichten Akzent. Dazu werfe ich mich in Pose, verlagere das Gewicht auf das linke Bein mit der kleinen Sig Sauer am Oberschenkel. Das rechte lasse ich so zwischen dem Mantel hervorlugen, dass mein Knie und das Strumpfband aufblitzen. Die Blicke der beiden Männer schnellen nach unten. Ich werfe das Haar zurück und öffne den Mantel oben einen Spalt, gerade genug für eine Ahnung von der Erhebung meiner Brüste, ohne jedoch den eng um meine Taille zugezogenen Gürtel zu lockern. Dann lecke ich mir die Lippen und klimpere mit den Wimpern.

Ein sexy Callgirl, das bin ich.

»Komm her.« Einer der Männer bedeutet mich mit gekrümmtem Finger zu sich. Mit wogenden Hüften bewege ich mich auf ihn zu.

Wenn er mich abtastet, muss ich ihm eine Kugel verpassen und die Flucht ergreifen. Einige ausgedehnte Augenblicke lang lasse ich seinen Blick über mich ergehen.

Dann tätschelt er mir nur den Hintern. »Viel Spaß da drin.« Er schmunzelt.

Ich verziehe die Lippen zu seinem Lächeln. »Vielleicht komme ich ja zu dir, wenn ich fertig bin.« Mit einem Zwinkern stakse ich an ihm vorbei und den Gang hinunter auf das Zimmer zu, aus dem das Gewirr männlicher Stimmen dringt. Mein Herzschlag dröhnt durch meine Ohren.

Am Ende des Korridors befindet sich ein Notausgang. Durch ihn könnte ich entkommen, ein paar Blocks laufen und Royal als Verstärkung rufen. Er würde herkommen, mir helfen und mich anschließend nach Hause bringen.

Stattdessen atme ich tief durch und wende mich dem Raum zu. Tatsächlich erwartet mich praktisch ein Raum innerhalb eines Raums. Tische an vier niedrigen Trennwänden bilden so etwas wie einen kleinen Platz, um den herum ein dunkler Korridor für das Servicepersonal verläuft. An der hinteren Wand sitzt eine Gruppe von Männern an einem langen Tisch. Zigarrenrauch hängt penetrant in der Luft, obwohl es noch Vormittag ist.

»Er ist spät dran. Dieser Penner«, raunt jemand, wahrscheinlich Stephanos. »Bruno, geh und ruf ihn an.«

Gehorsam erhebt sich ein Hüne mit rasiertem Schädel – Bruno. Wäre ich eine Minute früher gekommen, hätte Bruno schläfrig in seine winzige weiße Espressotasse geglotzt. Und nur etwas später wäre er gegangen gewesen, und ich hätte freies Schussfeld gehabt.

So jedoch hebt er abrupt den großen rasierten Kopf und heftet den Blick auf mich. Statt eines Callgirls sieht er, was ich in Wirklichkeit bin – eine Bedrohung. Über Jahre geschärfte Instinkte setzen ein. »Oi!«, brüllt er.

Ich klappe den Mantel auf. Eine selige Sekunde lang heften sich die Blicke aller Männer auf meine nackten Brüste. Lang genug für mich, um die Waffe aus der Tasche zu ziehen und einen Schuss abzufeuern.

Ich ziele auf den Mann, der Bruno den Befehl erteilt hat. Die einzigen mir bekannten, deutlichen Fotos meines Erzfeinds sind mehrere Jahre alt. Aber es muss Stephanos sein – verschlagene Augen, gedrungen, potthässlich, nur noch wenige lichte, graue Strähnen auf dem ansonsten kahlen Schädel.

Mein erster Schuss trifft ihn in die Schulter. Als er aufschreit, ziele ich bereits auf sein Herz. Nur spielt es keine Rolle, weil Bruno den Tisch hochkippt.

Tassen und Untertassen fliegen, Männer brüllen, Holz splittert um mich herum. Ich husche hinter einen der Tische in Deckung.

Kugeln schwirren an mir vorbei. Die beiden Wächter von der Tür stürmen mit gezogenen Waffen herein, um die Bedrohung zu beseitigen, und werden prompt im Kreuzfeuer niedergemäht. Einer führt vor mir einen makabren Tanz auf, durchgeschüttelt von Schüssen sowohl aus meiner Sig als auch von seinen eigenen Leuten.

Körper sacken zwischen uns zusammen. Weitere Männer rennen, flüchten, um ihre Haut zu retten. Es spielt keine Rolle.

Irgendwo hinter dem Schutzschild eines schweren Restauranttisches liegt Stephanos stöhnend auf dem Boden. Das ist meine Chance, ihn zu erledigen, und sie gleitet mir aus den Fingern.

Ich schnappe mir einen Stuhl als Deckung und rücke zu einem näheren Tisch vor.

Bruno richtet sich mit Gebrüll und einer Pistole in jeder Hand auf. Der Anblick der beiden Mündungen lässt mich zurückschrecken. Er schießt, und ich hechte hinter eine der niedrigen Trennwände. Etwas fährt mir in den Oberschenkel. Der Schmerz explodiert durch mein Bein, bevor er verpufft, betäubt von Adrenalin.

Rauch breitet sich in dem versifften Restaurant aus. Die Schüsse knallen so nah und ohrenbetäubend laut.

Im Chaos der graustichigen Luft und dumpf wahrgenommenen Geräusche erwidere ich das Feuer, bis die Sig leer ist. Ich hätte die Ladys im Diner um ein Sturmgewehr bitten sollen. Mit klingelnden Ohren ziehe ich die Reservewaffe aus dem Holster. Allerdings kostet mich das Zeit – die Bruno nützt, um seinen Boss zu packen und wegzuschleifen. Dann sind sie weg, verschwunden hinter der gegenüberliegenden Wand. Ich könnte ihnen zur Vorderseite des Restaurants nachjagen, nur wird Bruno dort in Stellung gehen. Wahrscheinlich müsste ich mir den Weg durch seine versammelten Leute schießen, während Stephanos in ein Fluchtauto springt und feige die Flucht antritt.

Der Rauch lichtet sich. Die schwarzen Schemen toter Mafiosi in dunklen Anzügen übersäen den Boden. Einer davon röchelt. Der Gestank von Blut und Scheiße verpestet die Luft.

Ich richte mich auf und sprinte an der gegenüberliegenden Wand vorbei. Niemand schießt. Niemand hält mich auf. Aber ich schluchze, als ich den Notausgang erreiche und in helles Tageslicht hinaustrete. Dabei bemühe ich mich, nicht daran zu denken, dass mein Racheplan zum zweiten Mal innerhalb von vierundzwanzig Stunden auf dem Boden verblutet.

6

Lula

DREI MONATE SPÄTER ...

FÜR EINEN GEHEIMEN Unterschlupf ist ein dreigeschossiges Haus am Fluss nicht übel. Hier verrichte ich meine Arbeit auf einem sicheren Server. Hauptsächlich kümmere ich mich um Verträge für Betriebe oder Grundstücksgeschäfte, die Royal mit einer der anderen über Metropolis herrschenden Familien abschließt. Um wiederaufzubauen, was unsere idiotischen Väter verspielt haben.

Eine Stunde nach meiner Schießerei mit Bruno hat Royal mich abgeholt und zu sich nach Hause gebracht. Er hat auch Männer ins Restaurant geschickt, aber es war bereits weitgehend geräumt. Nur noch ein paar Leichen haben auf dem Boden herumgelegen. Wir hatten ein

Schreiduell, das er gewonnen hat. Danach hat er mich im Schutz der Nacht direkt hierher gebracht.

Auf der Straße geht das Gerücht um, dass Stephanos noch lebt und nur eine leichte Verletzung durch eine Kugel in die Schulter erlitten hat. Er erholt sich davon so, wie er auch die letzten Jahrzehnte überlebt hat – indem er wie eine Ratte tief in die Unterwelt von Metropolis abgetaucht ist. Der Mann hat sein Leben lang die vier bedeutendsten Verbrecherfamilien gemieden und seinen Lebensunterhalt an den Rändern unseres Territoriums bestritten, indem er dort Reste aufgelesen hat. Und er ist gut darin.

Der Tod meiner Mutter ist immer noch nicht gerächt. Aber ich bin am Leben und vor Vergeltung geschützt, indem ich mich in einem sicheren Unterschlupf verstecke, auf den Royal bestanden hat. Ich habe einen Schreibtisch und auf der zum Wasser weisenden Terrasse eine Rudermaschine. Auf beschauliche Weise ist es langweilig.

Heute fühlt sich die Luft durch die Hitze wie eine schwere Decke an. Die Stunden des Nachmittags ziehen sich träge hin. Perfekt für ein Nickerchen. Weniger dafür, sich auf Vertragsrecht zu konzentrieren. Leider werden damit die Rechnungen bezahlt.

Ein Telefon klingelt. Ich greife nach meinem Handy, stelle jedoch fest, dass die Geräusche nicht davon ausgehen. Sie stammen von einem anderen Gerät, das ich wie ein schmutziges Geheimnis verstecke – das Wegwerfhandy, das ich Victor nach unserer gemeinsamen Nacht abgenommen habe. Keine Ahnung, warum ich es überhaupt behalten habe. Und erst recht nicht, warum ich es stets aufgeladen in der Nähe habe. Es liegt in einer eigenen Schublade, klingelt zornig vor sich hin und wartet darauf, dass ich eine Entscheidung treffe. Schließlich ergreife ich es und nehme den Anruf an, schweige jedoch, als ich mir das Gerät ans Ohr halte.

Der Augenblick knistert vor Spannung. Dort, wo ich bei der Schießerei verwundet worden bin, zuckt es in meinem Oberschenkel.

Stille am anderen Ende der Leitung. Ich beiße mir auf die Unterlippe, um nicht aufzuschreien. Wer ist dran? Wer hat mich angerufen? Soweit ich weiß, hat nur Victor dieses Telefon benutzt, und zwar ausschließlich, um Stephanos zu kontaktieren. Das entspricht dem Standardprotokoll eines Profikillers – ein Wegwerfhandy kaufen, für einen einzigen Auftrag benutzen und anschließend entsorgen. Ich habe nie versucht, damit Stephanos zu erreichen. Weil ich nicht geglaubt habe, dass es funktionieren würde. Könnte er gerade anrufen?

Als ich kurz davor bin, etwas zu sagen, höre ich ein leises Geräusch. Ein Seufzen, einen schweren Atemzug. Dann ein Wort.

»Vera.«

Sofort lege ich auf und lasse das Gerät klappernd zurück in die Schublade fallen. Adrenalin schießt mir durch die Arme. Alles in mir brüllt: *Lauf, lauf, lauf!*

Ich weiß, wer mich angerufen hat. Die Reibeisenstimme mit der darin mitschwingenden, angedrohten Vergeltung gehört Victor.

Meine kleine Sig Sauer ruht allzeit geladen in einer anderen Schublade. Ihr kaltes Gewicht fühlt sich beruhigend in der Hand an. Ich entsichere die Waffe und trete einen nervösen Rundgang durch das Haus an, überprüfe die Schlösser, schließe die Schiebetür zur Terrasse, schalte die Alarmanlage scharf. Anschließend durchsuche ich mit der Pistole im Anschlag jeden Raum, analysiere jeden Schatten.

Ich ende in der Küche. Die Waffe behalte ich bei mir,

nach wie vor entsichert. Die Bäume zwischen mir und dem Fluss neigen sich im Wind und werfen zuckende Schatten an die Scheiben der Glastüren. Ich rechne damit, dass sie sich jeden Moment in die Gestalt eines großen Auftragsmörders mit einem grausamen Lächeln verwandeln. Aber das tun sie nicht.

Er ist nicht hier. Natürlich nicht. Immerhin ist er kein mich heimsuchendes Schreckgespenst.

Und anscheinend ist er auch nicht tot. Ein Teil von mir hat darauf gehofft. Ein anderer, für den ich mich schäme, beschwört ihn in meinen Träumen regelmäßig als nächtlichen Gefährten herauf. In den Stunden des Schlafs erinnert sich mein Unterbewusstsein an die Orgasmen, die er mir beschert hat, und erschafft daraus neue Fantasien. Dann erwache ich mit pulsierender Erregung zwischen den Schenkeln und streichle mich zum Höhepunkt, immer mit Victors Namen auf der Zunge, wenn ich komme.

So sehr ich es versucht habe, es ist mir nicht gelungen, ihn mir vollständig auszutreiben. Und jetzt hat er mich angerufen.

Aber ich bin hier sicher. Royal hat den Ort mit dem Besten auf dem Markt ausgestattet. Eine Zeit lang hat er sogar auf Wächtern bestanden, bis ich argumentiert habe, dass zwei dunkelhaarige Kerle, die sich in der Einfahrt herumdrücken, bei den wohlhabenden Nachbarn mehr Aufmerksamkeit erregen würden als eine zurückgezogen allein lebende Frau. Ich habe versprochen, vorsichtig zu sein. Danach bin ich mit ihm zum Schießstand, habe ihm demonstriert, was ich kann, und er hat letztlich nachgegeben.

Die Dämmerung bricht an. Während ich zu Abend ein Joghurt und eine Handvoll Walnüsse an der Arbeitsplatte in der Küche esse, beobachte ich, wie sich die goldenen Finger der Sonne über das Wasser strecken und langsam den Kampf gegen die anrückende Nacht verlieren.

Mir wird bewusst, dass ich mir die Brust reibe, und lasse die Hand sinken. Mir fehlt die Kette mit meinem Schwert. Natürlich könnte ich es ersetzen, aber ich will mein Altes zurück.

Nachdem ich ein Glas Wasser getrunken habe, gebe ich meinem Verlangen nach und öffne eine Flasche Wein. Es ist ein messingfarbener Merlot, stark genug, um den Rest meiner Beklommenheit wegzuspülen.

Abermals klingelt ein Telefon. Vor Schreck springe ich gefühlt drei Meter hoch, bevor ich merke, dass es diesmal mein echtes Handy ist.

»Royal«, sage ich, als ich rangehe. »So bald schon wieder?« Wir haben erst an diesem Vormittag telefoniert.

»Kann ich nicht nachfragen, wie's meiner Lieblingscousine geht?« Seine Stimme klingt herzlich. Abends nach ein paar Stunden zu Hause bei seiner Frau ist er immer glücklicher.

»Ach, auf einmal bin ich dein Liebling? Du sagst du bloß, weil ich den Vesuvis diesen Deal noch vor der Nase weggeschnappt habe.«

»Ich hab mir Prosecco zum Feiern eingeschenkt.«

»Ich mir Rotwein.« Obwohl er es nicht sehen kann, erhebe ich das Glas zum Anstoßen. »Nur rechne lieber nicht damit, dass sie sich davon abhalten lassen.«

»Tu ich nicht. Das beste Mittel für den Umgang mit den Vesuvis ist brutale Gewalt. Aber du hast wirklich ein Händchen für legale Kriegsführung.« Eine längere Pause entsteht, und ich ahne, welches Thema er als Nächstes ansprechen wird. »Lula, wir haben schon mal darüber geredet …«

Und los geht es. Ich genehmige mir einen großzügigen Schluck Merlot.

»Aber inzwischen ist es lang genug her. Es ist an der Zeit, dass du deinen rechtmäßigen Platz einnimmst.«

»Eine Frau kann nicht *Consigliere* sein. Das akzeptieren die Männer nicht.« Wäre mein Vater noch am Leben, würde er beim bloßen Gedanken daran, was ich alles für *La Famiglia* mache, hochrot anlaufen.

»Wir leben in neuen Zeiten. Unsere Väter sind nicht mehr.« Meiner ist tot, der von Royal so gut wie – er sitzt im Gefängnis.

»Trotzdem würde es Widerstand geben.«

»Wer scheut sich schon vor Widerstand? Du etwa?«

Ich verkneife mir die Antwort, die mir automatisch auf der Zunge liegt. Royal weiß, welche Knöpfe er bei mir drücken muss. Ich verrichte bereits die Arbeit einer *Consigliere*, nur ohne offizielle Anerkennung dafür und ohne einen Platz am Tisch. Aber etwas hält mich zurück, seinem Drängen nachzugeben.

»Wir sind nicht unsere Väter«, fährt Royal fort. »Wir müssen nach vorn schauen.«

Er hat recht. Ich kann ihm auch keinen logischen Grund für meine Ablehnung nennen. Wie soll ich ihm erklären, dass ich immer noch in der Vergangenheit festsitze und von ihr zerfressen werde? Ich kann ihn nicht belügen, ihm aber ebenso wenig die Wahrheit sagen.

Gerettet werde ich von einem ungewöhnlichen Geräusch, das mir eine kribbelnde Gänsehaut über den Rücken jagt. Das leise Knirschen von Kies in der Einfahrt draußen.

Ich stelle den Wein ab. Gleichzeitig greife ich mir meine Waffe, spanne den Körper an und konzentriere mich.

»Warte kurz, da kommt gerade jemand.«

»Bleib in der Leitung«, befiehlt mir Royal.

»Mach ich.« Bisher hatte ich noch keine Gelegenheit,

ihm von Victors Anruf zu erzählen. Tatsächlich weiß Royal nichts von dem Wegwerfhandy. Ein Versehen meinerseits? Oder das bescheuerte Verlangen, mir etwas von Victor zu bewahren?

Eine dichte Baumreihe umgibt das Haus und schirmt mich zu beiden Seiten vor Nachbarn ab. Im Garten stehen zierliche japanische Ahornbäume. Zwischen den Blättern blitzt ein leuchtendes Orange auf. »Schon gut. Ist nur Gino.« Mein jüngerer Bruder.

Royal flucht auf Italienisch.

»Ja. Sag ich ihm.«

»Ruf mich später zurück.« Damit legt er auf. Ich sichere die Waffe, bevor ich die Alarmanlage entschärfe und die Tür entriegele.

»Ich hätte dich beinah abgeknallt«, rufe ich Gino zu. Er hat sein Auto – eine Halloween-orange Corvette, überhaupt nicht auffällig – schräg in der Einfahrt geparkt. Dadurch nimmt er zwei Abstellplätze in Beschlag und blockiert die unscheinbare graue Limousine, die Royal mir zusammen mit dem Haus leihweise zur Verfügung stellt. Obwohl ich ohnehin nirgendwohin fahren musste. Einmal die Woche gebe ich Enzo, Royals rechter Hand, meine Einkaufsliste. Er schickt dann einen Untergebenen los, der alles besorgt, was ich brauche, um weitere sieben Tage durchzustehen.

Mein Bruder stapft mit leeren Händen die Stufen herauf. Natürlich. Er bringt mir nie etwas mit. Wenn Royal vorbeikommt, hat er immer einen Korb mit Backwaren dabei – Himbeerscones, Schoko-Cupcakes, sogar dreifarbige neapolitanische Küchlein, wenn sich seine Frau besonders ins Zeug legte.

Gino ist nicht dazu erzogen worden, zu geben. Er nimmt nur.

Ich wende mich ab und gehe tiefer ins Haus, ohne ihn

zu begrüßen. Er findet mich in der Küche, wo ich mir mehr Wein einschenke. Den brauche ich für eine Unterhaltung mit Gino.

»Du hättest nicht herkommen sollen«, sage ich, ohne aufzuschauen. »Meine Antwort ist immer noch nein.«

»Lula.« In der Stimme eines erwachsenen Mannes sollte kein so nerviger oder kindlich jammernder Unterton mitschwingen. »Ich brauche es.«

»Der Fonds gehört nicht dir. Papa hat ihn für den Unterhalt für das Haus angelegt.« Wahrscheinlich genau deshalb. »Du hast den Löwenanteil des Erbes bekommen. Hast du schon alles verprasst?«

Er schaut finster drein, und ich kenne die Antwort. Mit dem dunklen Haar und den dunklen Augen besitzt er anmutige und doch auch maskuline Züge. Er ist attraktiver, als gut für ihn ist. Dadurch hat er es im Leben weiter gebracht, als er sollte. Dass er ein Mann in einer von Männern dominierten Welt ist, trägt sein Übriges dazu bei. Aber bei Gino kann man sich darauf verlassen, dass er immer noch mehr will.

»Ruf Royal an.« Ich fühle mich ein wenig schuldig dabei, das Problem mit meinem jüngeren Bruder auf Royal abzuschieben. Aber auf das Familienoberhaupt wird Gino tatsächlich hören. »Bitte ihn um einen Job.«

Gino checkt meinen Kühlschrank wie ein Teenager im Haus seiner Eltern. Er greift sich einen Joghurt und glotzt darauf, als wäre es Gift, bevor er ihn zurückstellt. Er latscht herum und stöbert in leeren Brotkörben. Ich achte darauf, dass die Küche keine Versuchungen enthält. Natürlich habe ich einen versteckten Süßzeugvorrat. Aber alles, was Royal mitbringt, wird sofort gegessen.

»Können wir Pizza bestellen?«

»Giovanni. Nein. Das hier ist ein sicherer Unterschlupf.«

Ich schwenke die Arme. Meistens verzichte ich darauf, das italienische Klischee vom »Reden mit den Händen« zu füllen, aber Gino kitzelt regelmäßig meine schlimmsten Seiten aus mir hervor. »Der Sinn der Sache ist, dass es ein Versteck sein soll. Also kannst du nicht ständig nach Lust und Laune hier aufkreuzen.«

»Redest du für mich mit Royal?«

»Du bist erwachsen.«

»Er gibt mir nur Routinearbeiten. Weil er mich nicht respektiert.«

»Deine große Schwester für dich vorsprechen zu lassen, wird auch nicht gerade dazu beitragen.« Meine Stimme klingt so trocken, wie mein Merlot schmeckt. »Sieh mal, Gino, die Verwandtschaft hat ihre Grenzen. Du musst von ganz unten anfangen und dich hocharbeiten.«

»Hast du nicht.«

»Ich habe Jura studiert.« Wieder schwenke ich dazu mit Nachdruck die Hand. Doch es soll mir recht sein, wenn ich so meinen Standpunkt in den hübschen, aber dämlichen Kopf meines Bruders bekomme. »Und danach musste ich mich sehr wohl hocharbeiten.« Wie viele Stunden habe ich in langweilige Routinearbeiten für die Seniorpartner gebuttert? Wochen mit hundert Arbeitsstunden kann ich Gino nicht erklären. Das würde seinen Verstand übersteigen.

Wieder reibe ich die nackte Stelle über meinen Brüsten.

Gino zieht eine Schmollmiene. Das war irgendwie süß, als er klein war. Zu einem Mann in seinem Alter hingegen passt es gar nicht. »Aber du ...«

Als ich einen leichten Luftzug spüre, reiße ich jäh die Hand hoch, um Gino zum Schweigen zu bringen, dann drehe ich mich um und sehe nach, woher er stammt. Ich habe vorhin sämtliche Türen geschlossen und verriegelt. »Was ist das?«

Als ich in die Eingangshalle eile, rutscht mir ein wüster Fluch heraus. Die Haustür steht sperrangelweit offen. »Gino, welchen Teil von ›sicherer Unterschlupf‹ hast du nicht verstanden?« Ich knalle die Tür zu und verriegle sie. Mein Finger schwebt über dem Touchscreen der hochsensiblen Alarmanlage, aber ich stelle sie nicht scharf. Wie ich Gino kenne, würde er nur auf die Terrasse latschen und sie versehentlich auslösen. Ich beschließe, damit zu warten, bis er weg ist.

»Von allen bescheuerten, dämlichen, idiotischen Dingen – und ja, ich weiß, das sind Synonyme –, die du ...« Als ich in die Küche zurückkehre, ist Gino weg.

»Gino?«

Keine Antwort. Als wäre er verschwunden. Wahrscheinlich stöbert er herum und sucht Schnaps. Er ist gut darin, zu finden, was er will, wenn er sich darauf versteift.

Ich greife mir mein Glas und trinke einen Schluck Wein. Inzwischen hat die Nacht Einzug gehalten. Im Haus ist es düster. Normalerweise lasse ich die meisten Lichter ausgeschaltet, trotzdem habe ich sonst nie das Gefühl, es könnte sich etwas Bedrohliches in den pechschwarzen Winkeln verbergen.

An diesem Abend ist das anders. Ich bin noch in Alarmbereitschaft wegen jenes Anrufs und Ginos Überraschungsbesuch. Also schalte ich die Deckenbeleuchtung in der Küche ein. Da bemerke ich, dass die Arbeitsplatte leer ist. Meine Sig Sauer fehlt.

Er ist hier.

Victor hat mich gefunden.

7

L*ula*

JÄH WIRBLE ich herum und presche zum Vordereingang los.

Hinter mir setzt explosiv eine Bewegung ein, die ich mehr spüre als höre. Ein Schatten löst sich von anderen, verdichtet sich, wird zu einem Mann. Zu Victor.

Vor mir zeichnet sich die Tür ab. So nah. Noch fünf Schritte, dann kann ich den Alarm aktivieren. Und die Haustür aufschließen, um in Sicherheit zu flüchten.

Drei Schritte. Zwei. Einer ...

Ein starker Arm schlingt sich um meine Mitte und zieht mich mit einem Ruck zurück gegen den riesigen Körper meines Angreifers. Obwohl ich mich zur Wehr setze, werde ich unerbittlich festgehalten. Meine nackten Füße treten wirkungslos aus.

Eine tiefe Stimme säuselt mir ins Ohr. »Vera. Oder soll ich dich lieber *Lucrezia* nennen?«

Mir sackt der Magen zu den Knien.
Er weiß Bescheid. Er kennt meinen richtigen Namen. Also weiß er alles.

Unter Jägern kursiert die Geschichte, dass Beute in dem Moment kapituliert, wenn sie erkennt, dass sie sterben wird. Obwohl ich mich weiterhin wehren will, entspannt sich etwas in mir und schmiegt sich an meinen Angreifer. Etwas, das spürt, wie richtig sich seine Umarmung anfühlt.

Aber nein. Ich muss kämpfen. Bevor ich aus Leibeskräften damit beginnen kann, sticht mir etwas in den Hals. Eine Nadel. Ich schlage danach wie nach einem lästigen Insekt, sitze jedoch in Victors Griff wie in einem Schraubstock fest. Gleich darauf bricht Dunkelheit über mich herein und verschlingt mich.

∼

IRGENDWO IN DER Nähe höre ich einen tropfenden Wasserhahn. Das Wasser fällt dabei aus beträchtlicher Höhe in ein leeres Spülbecken. In der Totenstille um mich herum hört sich jeder Aufprall so laut an wie ein Gong. *Platsch. Platsch. Platsch.*

Deshalb nennt man es Wasserfolter. Man fesselt einen Gefangenen und zermürbt ihn damit.

Ich blinzle und blinzle, aber meine Umgebung besteht nur aus verschwommenen Formen. Über mir ein grelles Licht. Unter mir eine kalte, harte, ebene Fläche. Als ich mich bewegen will, stelle ich fest, dass ich an den Hand- und Fußgelenken gefesselt bin. Ich liege gespreizt wie da Vincis vitruvianischer Mann da. Alle meine empfindlichen Körperteile sind völlig ungeschützt.

Ein Schatten fällt über mich, und ich zucke zusammen.

Mehr kann ich jedoch nicht tun. Genauso gut könnte ich eine Leiche auf einer Steinplatte sein.

Vermutlich bin ich das in Kürze auch. Mein Cousin Royal wird in diesem Augenblick durch den vermeintlich sicheren Unterschlupf fegen. Wird er Gino finden? Oder Ginos Leichnam? Bedauern breitet sich in mir aus. Ich habe nicht genug getan, um meinen Bruder zu beschützen.

Dabei spielt es keine Rolle, dass mein Bruder ein erwachsener Mann ist und ich selbst in einer schlimmeren Lage stecke als er. Meine Zukunft verspricht eine Menge Blut, grelle Lichter und viel, *viel* Schmerz.

Der Schatten über mir bewegt sich nicht. Allerdings geht Wärme von ihm aus, und ein Teil von mir möchte sich ihm entgegenstrecken. »Trink«, ertönt Victors raue Stimme, bevor ich etwas an den Lippen spüre. Ein Strohhalm. Ich sauge Flüssigkeit ein, weil meine Kehle danach schreit. Zu spät wird mir klar, dass er mich wieder betäuben könnte. Aber nein. Wenn er das wollte, würde er mir einfach eine weitere Spritze in den Hals jagen. Mit Fatalismus geht eine gewisse kalte Logik einher. Ich kann mir recht gut denken, warum ich hier bin.

Immerhin habe ich auf Victor geschossen. Jetzt hat er mich entführt und irgendwohin verschleppt, damit er den Rest meines Daseins schmerzhaft und sehr kurz gestalten kann.

Das wäre nur logisch. *Wer Gewalt sät ...* Ich habe mein Leben um einen Rachefeldzug herum geplant. Jetzt liege ich hier und helfe jemand anderem, dessen Rachefeldzug zu vollenden.

Das Wasser hilft mir, klarer zu sehen. Victor steht über mir. Sein weißblondes Haar ist mittlerweile länger, mildert jedoch nicht die harte Perfektion seiner scharf geschnittenen Züge. Nur seine vollen Lippen verhindern, dass er vor lauter Kantigkeit fremdartig wirkt. Zudem sind sie weich, wenn ich mich recht erinnere. Wie sie über meine Haut gestrichen sind ...

Trotz der Kälte in meinen Gliedmaßen rankt sich Wärme durch mich. Dann begegne ich seinem arktischen Blick und friere wieder.

Er betrachtet mich wie ein Wissenschaftler ein auf einem Objektträger fixiertes Insekt. Obwohl ich eine gewisse Zärtlichkeit darin spüre, wie er mir einen verirrten Wassertropfen vom Mundwinkel wischt. Aber das Wasser selbst erfüllt wohl eher einen praktischen Zweck. Schließlich würde man sein Opfer nicht an etwas so Banalem wie Dehydrierung sterben lassen wollen, wenn es viele interessantere Möglichkeiten gibt, es zu Tode zu foltern.

Sobald ich sprechen kann, krächze ich: »Du lebst.«

»Ja.« Er bewegt sich so, dass Schatten sein Gesicht verbergen, und in seiner Stimme schwingen keinerlei Emotionen mit. Obwohl seine Züge in der Regel ebenso wenig verraten. »Trotz deiner Bemühungen.«

»Und ich lebe auch noch.« Ich hebe den Kopf und sehe mich um. Wie ich feststelle, bin ich nackt. In diesem kalten, sterilen Umfeld wirkt mein Körper verblüffend sonnengebräunt. Die Schellen um meine Hand- und Fußgelenke sind aus Stahl und scheinen mit dem Tisch verlötet zu sein. Der lange, niedrige, fensterlose Raum besteht nur aus weißen Wänden, silbrigen Schränken und grellen Leuchtstofflampen. Wie ein Labor. »Du hast mich nicht umgebracht.« *Noch nicht.*

Victor tritt einen Schritt zurück. Das gleißende Licht von der Decke blendet mich. Ich drehe den Kopf und blinzle heftig. Mein Gehirn versucht verzweifelt, einen Ausweg zu finden.

Natürlich ist er vollständig bekleidet – schlichte Hose

und ein T-Shirt, das unscheinbar ist und doch dezent von Reichtum zeugt. Alles in Schwarz. Eine gute Farbe, um Blut zu verbergen.

Wie viele Opfer sind in diesem Raum schon gestorben? Als ich tief einatme, rieche ich Reinigungschemikalien. Gründliche Säuberung – die beste Freundin eines Profikillers.

»Warum sollte ich dich umbringen?« An der Stelle fasst er mich an, legt einen langen, anmutigen Finger um mein Fußgelenk. Mein Herz setzt einen Schlag aus. Jede Zelle meines Körpers strebt seiner Berührung, seiner Wärme entgegen. Ich liege da wie ein Kadaver, aber das Gefühl seiner Haut an meiner erinnert mich daran, dass ich noch lebe.

Er streicht die Innenseite meines Schenkels entlang, als wäre ich ein Objekt, das er mit großem Aufwand erworben hat. »Wo bliebe denn dabei das Vergnügen?«

»Also hast du nicht vor, mich zu töten?« Eigentlich will ich höhnisch klingen, doch dafür schwankt meine Stimme zu sehr.

»Willst du denn sterben?«

»Jeder stirbt irgendwann.« Die Antwort ist zu schnell gekommen. Er entfernt die Hand.

»Nein, Schönheit. Du wirst heute Nacht nicht sterben.«

Eine Nacht. Ich habe eine Nacht. Mein Herz schlägt einen traurigen, zerbrechlichen Takt. Wie eine Motte mit gebrochenen Flügeln, die einem Licht entgegenflattert.

Einmal habe ich ihn schon verführt. Kann mir das wieder gelingen? Plötzlich vermutet mein Körper, dass wir deshalb hier sind. Dafür waren nur Victors Berührung und sein herrlicher Duft nötig. Kein Eau de Cologne, nur er. Ein frischer, sexy Cocktail aus Pheromonen, perfekt darauf abgestimmt, mich zu ködern.

Mein Innerstes pulsiert in einem zweiten, düsteren Rhythmus. Ein Anflug von Lust verwandelt meine Nacktheit und die fixierten Hand- und Fußgelenke in ein perverses Spiel.

Ich atme tief ein, lasse mich von der Luft erfüllen, strecke den Oberkörper und wölbe die Brüste hoch. Dann lecke ich mir die Lippen, um etwas zu sagen. Aber er kommt mir zuvor.

»Nein, meine kleine Lügnerin. Ich werde dich nicht umbringen. Ich werde dich brechen.«

Victor

Lucrezia Romano, Tochter von Giovanni und Vera Romano, Spross der Familie Regis. Als Mafia-Prinzessin geboren. Zur Anwältin ausgebildet. *Lula* für ihre Angehörigen.

Meine Gefangene. Sie liegt auf meinem Tisch, das seidige dunkle Haar wie ein Kranz um ihren Kopf verteilt. Eine reglose Madonna, abgesehen von ihrem aufmerksamen Blick, der gehetzt durch den Raum wandert. Auf der Suche nach einer Fluchtmöglichkeit. Obwohl sie nackt am Tisch fixiert ist, wirft sie sich mental immer noch gegen die Gitterstäbe ihres Käfigs. Und überlegt, wie sie vorgehen soll.

Um dieses Spiel zu gewinnen, muss ich ihr zehn Züge voraus bleiben. Sie ist mir in jeder Hinsicht ebenbürtig. Das beweist die Kugel, die sie mir in den Bauch gejagt hat.

Die verheilte Wunde kribbelt, als ich mich um den Tisch herumbewege.

»Mich brechen? Wie meinst du das?« Sie schaut durch die Wimpern hindurch zu mir hoch.

Ich ergreife ihr Kinn und streiche mit dem Daumen über ihre Kieferpartie. »Oh nein, Schönheit. Ich kenne deine Tricks. Du bringst mich nicht noch mal dazu, mich zu vergessen.«

Sie bibbert wie ein Kaninchen. Ein kleiner Teil von mir möchte die Stahlmanschetten aufschließen und sie festhalten. Sie beruhigen, bis sie sich in meinen Armen entspannt.

Eine solche Schwäche habe ich noch bei niemandem sonst empfunden. Es ist ein neuartiges Gefühl.

Ein anderer Teil von mir weiß, dass sie eine Rolle spielt, mir die Emotionen zeigt, die ich sehen soll – um mich ihrem Willen zu unterwerfen. Aber ich habe etliche raffinierte Pläne und Wege, meine Vergeltung zu üben.

»Wie willst du mich brechen?«

»Du willst meinen Plan erfahren? Schulde ich dir denn die Wahrheit? Vera?«

Härte tritt in ihre dunklen Augen. »Hast du etwa erwartet, ich würde dir meinen richtigen Namen nennen?«

»Welcher hat auf der Heiratsurkunde gestanden? Ein Falscher?«

Nach kurzem Zögern nickt sie.

»Kein Wunder, dass ich so wenig an Informationen über dich gefunden habe. Das hätte ein Wink sein sollen, dass ich tiefer hätte graben müssen.« Ich fädle die Finger in ihr Haar und wickle mir die seidigen Strähnen um die Hand, bevor ich ihren Kopf zur Seite ziehe. »Ach, Schönheit, was soll ich nur mit dir machen?«

»Du könntest mich gehen lassen.«

»Damit du raus und direkt in Gefahr läufst? Was hast du dir eigentlich dabei gedacht, Stephanos so zu überfallen? In seinem Versteck, wo er seine volle Mannschaft bei sich hatte? Noch dazu mit nur ein paar Knarren und ohne Verstärkung?«

Da ich ihr Haar festhalte, kann sie mich nicht ansehen. Stattdessen lächelt sie unbekümmert in Richtung der Wand. »Genau dasselbe hat mich mein Cousin gefragt. Schien mir zu dem Zeitpunkt eine vernünftige Vorgehensweise zu sein.«

Mit einer Bewegung aus dem Handgelenk schüttle ich sie leicht. »Du bist zu klug, um das wirklich zu glauben. Du wirst mir die Wahrheit sagen.«

Sie stößt den Atem aus. »Na schön. Es schien mir die einzige Möglichkeit zu sein.«

»Deshalb hast du diesen David verführt. Du wolltest durch ihn an Stephanos ran. Das hätte auch funktioniert, wenn der Typ kein Geld von ihm veruntreut hätte.« Ich kann mir bildlich vorstellen, wie sie die Pistole unter dem Hochzeitskleid festgeschnallt hat. So viel Planung, nur um Stephanos eine Kugel in den Kopf zu jagen. »Du hast dir für deinen Plan einen Idioten ausgesucht.«

»Ich weiß.« Ihre erhobene Stimme hallt von den Wänden wider. »Deshalb habe ich Stephanos am nächsten Morgen überstürzt angegriffen. Ich wollte nicht so hart gearbeitet haben und so weit gekommen sein, um es dann einfach enden zu lassen.«

»Hast du das gedacht, als ich dich mitgenommen habe? Dass du durch mich einen anderen Zugang zu ihm hättest?«

Sie schweigt. Also stimmt es.

Ich habe gewusst, dass ich für sie ein Mittel zum Zweck war. Trotzdem ärgert es mich. Die denkwürdigste Nacht meines Lebens, und sie hat mir dabei nichts von sich selbst geboten. Nur ihren Körper. Und am nächsten Morgen ist sie gegangen.

Ein zweites Mal kommt sie mir nicht so leicht davon.

»Tja, du hast dich übernommen, kleine Lügnerin. Retten kann dich jetzt nur noch, wie gut du gehorchst.«

Sie schließt die Augen.

Weil sie glaubt, ich werde sie foltern. Und das werde ich. Allerdings nicht so, wie sie denkt.

Ich drehe mich meinen Werkzeugen zu, meinen Waffen erlesener Zerstörung. Meine Messer sind perfekt geschliffen. Außerdem habe ich eine Fülle neuer Sachen eigens für sie gekauft. Ausgebildet hat mich ein Metzger. Ich weiß genau, wie man jemanden markiert, zerlegt und seziert.

Über Rinnen entlang der Tischkanten kann Blut abfließen. Und wenn ich arbeite, breite ich großflächig Plastikfolie über den Boden aus. So ist die Reinigung danach einfacher.

Diesmal habe ich keine Folie ausgelegt. Ich brauche sie nicht. Es gibt subtilere Möglichkeiten, jemanden zu verstümmeln.

Als ich mich zurückdrehe, hat sie die Augen wieder geöffnet.

»Eine Frage. Der Mann, der im Haus war, als du mich geschnappt hast ...« Sie zögert. Vermutlich will sie herausfinden, wie lange ich sie schon in meiner Gewalt habe. Hier unten gibt es weder Tag noch Nacht. Dieser Wahrnehmungsentzug gehört mit zum Plan, sie zu brechen. »Er war mein Bruder. *Ist* mein Bruder. Ist er ...«

»Am Leben. Zumindest habe ich ihn so zurückgelassen. Falls er seither mit diesem knalligen Sportwagen von einer Klippe gerast ist, habe ich damit nichts zu tun.«

»Verstehe. Tja, bringen wir es hinter uns.« Sie setzt eine stoische Miene auf, wappnet sich für das Schlimmste.

Dabei hat sie keine Ahnung, was ich mit ihr vorhabe. In welche Tiefen ich sie hinabziehen werde. Seit unserer ersten Begegnung habe ich praktisch jeden wachen Augenblick wie besessen an sie gedacht. Zufrieden werde ich nicht eher sein, bis sie mir diese Momente mit ihrer Zeit zurückgezahlt hat.

Ich klopfe auf den Metalltisch und hebe die Hand, mein Zeichen dafür, dass sie mir Aufmerksamkeit zu widmen hat. »Das hier ist meine Werkstatt. Der Raum ist schalldicht.« Gut gegen die Schreie meines Opfers isoliert. Außerdem ist er mit einer eigenen Heizung und Klimaanlage ausgestattet. Einem Waschbecken. Einer Dusche. Und wenige Schritte von mir entfernt befindet sich in einer Ecke, die sie nicht sehen kann, eine Palette in einem Käfig.

Sie dreht den Kopf, lässt die Hälfte des Raums auf sich wirken. »Sieht wie Frankensteins Labor aus.«

»Und du wirst meine neue Schöpfung. Vorläufig ist das dein Zuhause. Irgendwann wirst du dir ein Besseres und einen Platz in meinem Bett verdienen.«

»Und wie verdiene ich mir das?«

Ich wähle das erste Folterinstrument aus, halte es ins Licht und inspiziere es. Dabei lasse ich das Metall bewusst so aufblitzen, dass sie es sehen kann. »Zuerst wirst du für mich schreien.«

8

L*ula*

VICTOR LEGT BEISEITE, was er in der Hand gehalten hat, etwas Silbriges, das verheerend aussieht. Als seine Finger über meinen Oberkörper streichen, bin ich so angespannt, dass ich unter seiner beruhigenden Berührung zusammenzucke.

»Sch-sch«, gibt er beschwichtigend von sich. »Wir fangen sachte an.«

»Ich wette, das sagst du zu allen deinen Opfern.« An wie vielen Menschen hat er auf diesem Tisch schon herumgeschnitten, bis sie um den Tod gebettelt haben?

Er liebkost meine Brüste. Ich schließe wieder die Augen, als sich kribbelnd eine Gänsehaut über meinen Körper ausbreitet.

»Nein, Schönheit. Das wirst du dir ansehen wollen.« Mit einer Hand hält er etwas hoch, das wie eine kleine silbrige

Pinzette aussieht. Gleichzeitig rollt er meinen Nippel zwischen Daumen und Zeigefinger der anderen. Dann klemmt er das gepolsterte Ende der Pinzette darüber. Schmerz durchzuckt mich und legt sich fast sofort wieder. Ich spanne krampfhaft die Kiefermuskulatur an. Wäre es besser, laut zu schreien? Soll ich vorgeben, empfindlicher zu sein, als ich es bin?

Nein, entscheide ich. Stattdessen beobachte ich, wie er mich mustert, meine Brust streichelt und über die Stelle fährt, an der früher der Schwertanhänger meiner Halskette geruht hat. Er will meine echten Reaktionen. Etwas vorzutäuschen, würde ihn wütend machen.

Obwohl ich dieses Spiel so oder so nicht gewinnen kann. Ich habe meine Überlebenschancen berechnet und bin auf unter zehn Prozent gekommen.

Nachdem er eine Klemme an meinem anderen Nippel angebracht hat, fasst er unter den Tisch. Ein Surren ertönt, und der Tisch hebt sich langsam. Während Victor darauf wartet, dass die Bewegung endet, streichelt er mein Bein. Seine Finger ertasten die Erhebung meiner neuesten Narbe, und ich atme scharf ein.

Wieder fasst er nach unten, hält den Tisch an, beugt sich vor und nimmt die leichte Narbe an meinem Oberschenkel in Augenschein.

»Was ist das?«, murmelte er und klingt, als rede er mit sich selbst. »Wer hat dich verletzt?« Er schaut auf und verdeutlicht, dass er die Frage an mich gerichtet hat.

»Ein dummes Missgeschick.« Kopfschüttelnd denke ich daran, wie recht er mit seiner Kritik vorhin hatte. »Mein einziges Andenken an die Schießerei mit Bruno.« Eine Erinnerung daran, dass ich Stephanos so nah gekommen und trotzdem gescheitert bin. »Da waren haufenweise Stühle und Tische im Weg, und beim Schusswechsel sind Splitter durch die Gegend gespritzt.« Mich hat gar kein Projektil erwischt, sondern ein Holzspan.

Victor lacht nicht über das Geständnis. Stattdessen nickt er und wirkt nachdenklich.

»Ich habe ihn falsch eingeschätzt«, gebe ich zu. »Stephanos. Ich hätte nicht gedacht, dass er so loyale Männer hat.«

»Ah. Ja. Bruno. Der ist loyal. Wie ein Welpe, den man dazu dressiert, gleichzeitig Menschen die Kehle rauszureißen und einem aus der Hand zu fressen.«

Als er den Knopf unter dem Tisch berührt, steigt er weiter auf, bevor er sich nach vorn neigt. Dann befinde ich mich auf einer Schräge, der Kopf höher als die Füße. Mein Gewicht ruht auf dem Stahltisch und kleinen Stützen aus Metall unter meinen Fersen. Durch die Schwerkraft baumeln die Klemmen von meinen Nippeln.

Victor nimmt sich einen Moment Zeit, um an ihnen herumzuspielen. »Harmlos, oder?« Als er den ersten Nippel von dem kleinen Folterinstrument befreit, atme ich erneut scharf ein. Blut fließt zurück in die empfindsame Knospe. »Jetzt probieren wir die hier aus.« Er hält ein neues Paar bedrohlich aussehender Klemmen hoch. An einem Ende befinden sich winzige Schrauben, am anderen kleine Ketten. Am Ende jeder Kette sitzt ein winziger schwarzer Edelstein. »Die sind nicht so schlimm wie die sogenannten Clover Clamps. Auf die arbeiten wir uns hin.«

Er beugt sich vor. Sein Atem haucht über mein Gesicht, als er die Klemmen anbringt. Zuerst dreht er die Nippel hin und her, dann hebt er meine vollen Brüste an, bis sich mein Rücken vom Tisch wölbt. Eigentlich sollte mir widerstreben, wie er mit mir umspringt. Stattdessen finde ich seine intensive Aufmerksamkeit faszinierend. Jede Berührung schürt das lodernde Verlangen tief in meinem Innersten. So sehr ich versuche, dagegen anzukämpfen, es ist unaufhaltsam wie eine aufsteigende Flutwelle.

Als er aufhört, verspüre ich Erleichterung. Er spielt mit den baumelnden Edelsteinen, bevor er die Schrauben fester zieht. Ein jähes Brennen verschlägt mir den Atem.

»Zu viel?« Er beobachtet meinen Gesichtsausdruck. »Atme durch.« Er lässt die Hand sinken, streichelt meine Oberschenkel. »Vera. Atme.«

»Nenn mich nicht so.« Beinah ist mir zum Lachen. »Das war der Name meiner Mutter.«

»Na schön. Lula.« Er säuselt meinen Spitznamen regelrecht. Ich habe ihn noch nie von jemandem außerhalb der Familie gehört. Von den Lippen eines Mannes, der in mir gewesen ist, klingt er anders. Melodisch, an- und abschwellend, wie eine Zeile eines Songs. »Du musst für mich atmen. Sonst könntest du das Bewusstsein verlieren. Und wo bliebe dann der Spaß?«

»Ich dachte, du hättest mich gern bewusstlos. Oder tot.«

»Tote empfinden keinen Schmerz.« Er zieht die Schrauben einen weiteren Millimeter an. »Was weißt du über Endorphine?«

»Glückshormone. Die Reaktion des Körpers auf Schmerz.«

»Natürliche Morphine. Der Körper schüttet sie schubweise aus. Auf einen Anflug von Schmerz reagiert er mit einem Schwall davon. Vergeht etwas Zeit und steigern sich die Schmerzen, folgt ein weiterer.« Wieder werden die Schrauben gedreht. Meine Bauchmuskeln spannen sich an, als würde das Brennen dadurch verteilt. »Irgendwann wirst du davon high. Und dann wirst du formbar für mich sein.« Sein Gesicht senkt sich zu mir. Er schmiegt sich an meine Wange wie ein Lover. »Ich werde dich wieder und wieder an die Belastungsgrenze führen. Anschließend weite ich sie aus, bis du mehr ertragen kannst.«

»Wie?«

»So.« Und damit legt er die Hand auf meine Scham.

Jäh breitet sich eine Gänsehaut über meinen gesamten Körper aus. Seine lindernde Berührung erzielt die beabsichtigte Wirkung und erfüllt mich mit flüssiger Erregung. Ich werde feucht für ihn. Unwillkürlich bewege ich die Hüfte, drücke mich seiner Handfläche entgegen.

»So ist's gut.« Er belohnt mich, indem er mich ein wenig reibt. Victor weiß genau, wie er mich anfassen, wie er die Finger in mich schieben muss, um meine Säfte einzusammeln und den Knopf zu drücken, der meine Begierde steigert. Seine Lippen streichen über mein Kinn. Ihre sanfte Berührung bildet einen Kontrast zur Grausamkeit der Klemmen. Ich werde zwischen verschiedenen Empfindungen gestreckt – seine Küsse, seine Berührung, der stechende Schmerz in meinen Nippeln. Es gleicht einem Schwebezustand zwischen Himmel und Hölle.

Dann senkt er den Kopf tiefer und saugt zärtlich an meinem Hals. Seine Finger schieben sich mit mehr Nachdruck in mich. Mit dem Daumen und dem Zeigefinger massiert er mich innen wie außen, bis ich bebe. Als er die Hand zurückzieht, wimmere ich.

Er streift meine Klitoris. »Soll ich hier eine Klemme anbringen?« Als mich ein Schauder durchläuft, beruhigt er mich. »Weißt du, ich könnte dafür sorgen, dass es sich gut anfühlt.«

Ich beiße mir auf die Unterlippe, um nicht zu betteln. Eher lasse ich mir von ihm die Zunge herausschneiden, als sie zu lösen.

Wenn ich ehrlich wäre, *wirklich* ehrlich, würde ich ihm sagen, dass ich nicht die Höhepunkte, nicht die Ekstase will. Weil ich ihn nicht begehren will. Stattdessen soll es wehtun.

»Oder ich könnte eine Vielzweckklemme verwenden«, bietet er mir an. »Und dich zum Schreien bringen. Abwarten, bis die Nerven taub werden, und die Klemme dann sehr langsam entfernen.«

Meine Knie knicken ein. Als ich tiefer zu rutschen drohe, stößt er die Finger in mich und hält mich wie eine Marionette hoch. So entlockt er mir einen Orgasmus, dehnt mich brutal, während er mich sanft küsst.

Ich schlage die Zähne in seine Oberlippe und beiße zu, bis ich Blut schmecke.

Er lässt von mir ab und hält mir die Nase zu, bis ich die Kiefer öffne. Ich lecke mir sein Blut von den Lippen, verteile es über die Zähne und schenke ihm ein rotes Grinsen.

Seine Augen gleichen frostigen Schlitzen. »Na schön. Dann auf die harte Tour.«

∽

VICTOR

MEINE GEFANGENE SIEHT aus wie eine Superheldin, wunderschön und trotzig, das glänzende Haar über den Schultern. Sie ist immer noch halb aufrecht, so zurückgeneigt, dass ihr Gewicht auf dem Tisch ruht und nicht von den Stahlbändern gehalten wird.

So finde ich sie bezaubernd. Das Einzige, was ich hinzufügen würde, ist die Halskette, die sie früher getragen hat. Die, mit der ich jede Nacht schlafe.

Wenn sie brav ist, gebe ich sie ihr vielleicht zurück.

Ich überprüfe ihre Gliedmaßen, vergewissere mich, dass

die Blutzirkulation in Ordnung ist, während sie mich finster anstarrt. In meinem Innersten spüre ich einen Widerhall des Pochens in meiner Lippe.

»Okay?« Ich bilde mit dem Daumen und dem Zeigefinger ein ungefähres »O«. Mit der Zeit wird sie lernen, dass dieses Zeichen für *Okay* oder *Nur zu* steht.

Sie quittiert es mit hochgestreckten Mittelfingern.

»Immer noch nicht bereit zu gehorchen«, sage ich zufrieden. Ich habe gehofft, sie würde kämpfen. Das macht neunzig Prozent des Vergnügens aus.

Sie bleckt mir die Zähne entgegen. Die rot verfärbt sind.

Ich entscheide mich für einen Flogger und schnalze damit. All das Spielzeug habe ich eigens für sie gekauft. Die Wirkung habe ich an meinen Oberschenkeln ausprobiert. Ich fange harmlos an, schnippe den Flogger so, dass er nur leicht ihre Brust und ihren Bauch streift und die Haut rötet.

»Ist das alles, was du draufhast?« Sie klingt gelangweilt.

Also lasse ich es mit dem roten Flogger gut sein und tausche ihn gegen den schwarzen mit den dickeren Strängen. Ich bearbeite sie damit in Wellen und konzentriere mich darauf, ihre Haut rot zu färben. An der Wand gegenüber hängt eine Uhr, zu der nur ich sehen kann. Ich takte die Hiebe, finde in einen Rhythmus, zähle die Augenblicke herunter, bis ihr Körper eine Schwelle erreicht und Endorphine ausschüttet. Zu hören sind nur die Geräusche des Leders, die wie ein steter Regen klingen. Ihre Lider werden bleiern. Wir atmen beide schwer, zugleich jedoch tiefer und synchron.

Als ich innehalte, sie untersuche und mit den Händen über ihre erhitzten Gliedmaßen streiche, teilen sich ihre Lippen unter einem Seufzen. Als ich ihre Pussy in Augenschein nehme, wird sie etwas wacher. Sie wimmert leise, als ich einen Finger in ihre triefnasse Spalte schiebe.

Nicht, um sie zum Orgasmus zu bringen, nur um sie aufzugeilen. Dann ziehe ich den Finger zurück und lecke ihn sauber.

Sie ist bereit für weiteren Schmerz.

Wieder benutze ich den schwarzen Flogger, diesmal jedoch so, dass die Stränge kräftig ihre Seiten peitschen. Sie wölbt den Rücken durch, den Mund zu einem stummen Schrei geöffnet. So habe ich sie mir vorgestellt, Nacht für Nacht. Lula nackt, meiner Gnade ausgeliefert, durchgeschüttelt von Empfindungen. Die Fantasie hat mich durch die Monate der Genesung begleitet. Nur der knallige rote Lippenstift fehlt.

Der Flogger besucht ihre Brüste und hinterlässt darauf leichte rötliche Striemen. Bald wird sie aussehen, als wäre sie durch einen Schwarm von Quallen geschwommen.

An den Oberschenkeln hat sie silbrige. Sie nehme ich als Nächstes ins Visier.

Je nach Winkel und der Kraft hinter den Strängen des Floggers kann ich dafür sorgen, dass die Schläge brennen, stechen wie tausend Nadeln oder die Haut beruhigen, indem ich sie in einem steten Rhythmus darüber tänzeln lasse. Ich gehe den Zyklus durch, steigere die Intensität und trete schließlich zurück. Ihr erschlaffter Mund ist leicht geöffnet, um mehr Luft einsaugen zu können. Die Lider sind beinah geschlossen.

Ich nehme nichts auf der Welt wahr außer ihrem ausgestreckten Körper – die davon abgestrahlte Wärme, den über den Rücken kullernden Schweiß. Ein Zucken ihrer Augenbraue. Beim Beobachten, wie sich ihre Brust hebt und senkt, löse ich mich abwechselnd auf und werde neu erschaffen.

Obwohl eigentlich ich daran arbeite, sie mir zu unterwerfen, bin ich es, der unter ihrem Bann steht.

Ich trete näher, rieche den süßen Duft ihrer Erregung

und streichle sie. Sie lässt ein leises Seufzen vernehmen und den Kopf zur Seite baumeln.

»Du machst das so gut. Braves Mädchen.«

Ihre schwarzen Brauen ziehen sich zusammen. Ein Teil von ihr möchte das Kompliment zurückweisen. Sie wird noch lernen, sich danach zu sehnen.

Als ich die Schrauben der Nippelklemmen fester ziehe, beobachte ich, wie die winzigen Muskeln in ihrem Gesicht zucken.

Eine weitere Runde Auspeitschen, eine weitere Umdrehung der Schrauben. Mittlerweile spüre ich selbst Schweißperlen auf dem Rücken. Meine Schultern sind warm wie bei einem ordentlichen Workout. Mein bestes Stück liegt hart wie eine Eisenstange in einem unangenehmen Winkel am Bein an. Ich streiche mit der Handfläche über die pralle Erhebung, genieße den qualvollen Druck. Dann mache ich mich wieder an die Arbeit.

Ich spalte mit dem Flogger ihre Psyche, erfülle ihre Welt mit Schmerzen. Sie wird davon umspült und auf einem Meer davon treiben, bis ihre Neurotransmitter die Empfindungen mit einer goldenen Flut in Euphorie verwandeln. Von Qualen zur Ekstase durch simples, in die Länge gezogenes Auspeitschen.

Ich habe noch viele Pläne mit ihr. Seile, Ketten, Augenbinden und Fesseln, sogar einen Käfig. Aber alles dient einem einzigen Zweck. Unterwerfung.

Sie steht kurz davor. Wir steuern auf das Ende zu. Ich lasse den Flogger fallen, kehre an ihre Seite zurück und streiche ihre gerötete Haut. Sie glüht förmlich vor Hitze, versengt mir regelrecht die Handflächen, wund genug, dass sich selbst die zarteste Berührung grausam anfühlt. Ich säusle ihr zu, während ich die Schrauben ein letztes Mal drehe und ihre armen, misshandelten Nippel dem maximalen Druck der federbelasteten Klemmen aussetze. Sie lässt ein brummendes Stöhnen vernehmen, erträgt es aber.

Ich überprüfe ihre Vitalwerte und gebe ihr wieder Wasser, bevor ich mich dem Sortiment meiner Utensilien zuwende und meine letzte Waffe auswähle. Einen Drachenschwanz.

Das schwarze Leder knallt wie ein Donnerschlag und beißt zu wie eine Schlange. Wieder und wieder lasse ich das spitze Ende mit zunehmend schmerzhafteren Schlägen ihre Haut kosten. Sie schreit und krümmt sich. Aber als ich zu ihr trete, um die auf ihrem Körper erblühenden roten Blüten zu bewundern, trieft ihre Muschi regelrecht in meine Hand. Ich geile sie auf, bis sie schwer atmet, ziehe mich jedoch zurück, bevor sie die Ziellinie erreichen kann.

Zeit für das Finale. Ich schwinge die Peitsche und schnippe damit die Nippelklemme von ihrer rechten Brust. Jäh zuckt ihr Körper hoch, als wäre sie eine Marionette, der jemand alle Fäden bis auf den mittleren am Nabel gekappt hat. Ihre Schreie sind schrill und atemlos. Ich warte, bis sich ihr Rücken senkt, bevor ich den Drachenschwanz ein weiteres Mal entfessle und die linke Nippelklemme davonfliegen lasse. Ihre Fersen vibrieren gegen den Tisch, als ein Orgasmus wie ein Stromschlag durch sie schnellt.

Ich lasse die Peitsche fallen.

»Lula, bist du noch bei mir?«

Ich drücke ihre Finger und warte, bis sie die Geste erwidert. »Das hast du so gut gemacht, Schönheit.« Als ich eine Hand auf ihren Bauch senke, erschaudert sie darunter so herrlich. Da halte ich es nicht länger aus. Ich öffne die Hose und nehme meine Erektion in die Hand.

Sie ist benommen, treibt im Graubereich zwischen Wachzustand und Besinnungslosigkeit. Ich beuge mich vor und lecke über ihre gefolterte rechte Brust. Als sie stockend einatmet, wechsle ich nach links und umkreise mit der Zunge den wunden Nippel. Ihr klägliches Wimmern spornt mich nur an. Erst als sie aufschluchzt, sprengt die zwischen meinen Lenden geballte Ekstase den Damm. Ich lasse den Orgasmus über mich kommen und verspritze meinen Samen über ihre gerötete Haut. Dann sammle ich etwas davon ein und bestreiche ihre Lippen damit. So viel gestehe ich ihr zu.

»Meinen Schwanz musst du dir erst noch verdienen«, sage ich ihr und freue mich über das Aufflackern von Enttäuschung in ihren Augen.

Lula

ICH TREIBE in einem dunstigen Nichts. Meine Augen sind offen, aber die Bilder sind verschwommen, unscharf, als sähe ich die Welt durch regenbespritztes Glas. Ich taste in mir nach meiner Wut, meiner Bereitschaft, doch sie zerfließt mir zwischen den Fingern. Mein eigener Körper hat mich genauso wirksam berauscht wie Victor heute mit einer Spritze. Oder war das gestern?

Wasser schwappt um meine Beine und wäscht meine gegeißelte Haut. Es schmerzt zugleich und lindert. Ähnlich wie alles, was Victor mit mir gemacht hat.

Mein Entführer hält mich in den Armen. Ich bin groß für eine Frau, besitze starke Oberschenkel und einen üppigen Hintern. Trotzdem nehme ich mich neben Victor zierlich aus. Ich spüre jeden Zentimeter des Größenunterschieds zwischen uns.

Zusammen sinken wir in das Bad. Er hält mich dicht an sich fest, und ausnahmsweise bin ich dankbar für die Nähe. Meine Kraft ist versiegt. Wenn er mich nicht hielte, würde ich unter Wasser gleiten und ertrinken.

Keine Ahnung, wie lange wir darin sitzen. Das Bad im römischen Stil ist groß genug, um Victor anderthalbmal aufzunehmen – oder ihn und mich zusammen. Aus dem Augenwinkel nehme ich ein metallisches Funkeln wahr, doch ich bin zu schlaff und ausgelaugt, um beim einschüchternden Anblick des Rasiermessers zusammenzuzucken. Er setzt es an meinem Fußgelenk an. Es dauert einen Moment, bis ich begreife, dass er mich rasiert.

Ich habe dichtes, dunkles Haar. Für die Achselhöhlen habe ich mir eine Laser-Haarentfernung gegönnt, sonst jedoch nirgends. Wenn ich glatte Beine will, muss ich sie praktisch jeden zweiten Tag rasieren.

Victor macht es behutsam. Mit geschmeidigen Strichen zieht er die Klinge sanft an meinem Bein hoch. Schicksalsergeben halte ich so still wie möglich.

Abgesehen von einigen wenigen Stellen sind die Rötungen an den Schienbeinen und Oberschenkeln rasch zu einem Rosa verblasst. Die ärgste Wucht der Bestrafung haben meine Brüste abbekommen.

Ich habe nicht gewusst, dass ich von Schmerzen kommen kann.

Aber daran will ich nicht denken.

Ich lecke mir über die Lippen. Obwohl er mir reichlich zu trinken gegeben hat, brauche ich mehrere Anläufe, bis meine Stimme funktioniert. »Wie spät ist es?«

»Spät. Oder früh.«

»Du willst es mir nicht sagen.«

Er hebt die Hand vor meine Augen, presst die Finger zusammen und macht eine hackende Geste. »Du brauchst es nicht zu wissen.« Dann streicht er mit derselben Hand über meine Knie. Das Rasiermesser folgt seiner Berührung. »Du musst gar nichts wissen, süße Lula, nur wie du mich erfreust.«

Ich schnaube höhnisch, obwohl ich weiß, dass er recht hat. Allmählich entwickle ich ein Gespür für seine Stimmung und seine Haltung. Ich werde ihn studieren wie die Beute den Jäger, wenn ich dadurch überleben kann.

Als er meine Beine spreizt und das Rasiermesser über die empfindsame Innenseite meines Oberschenkels führt, spüre ich seine Erektion am Hintern. Meine Atmung beschleunigt sich.

»Schon gut«, murmelte er beschwichtigend. »Ich werde vorsichtig sein.« Und das ist er. Mit geschickten, flinken Bewegungen rasiert er meinen Intimbereich. Bilde ich mir das nur ein, oder verharrt die Klinge kurz über meiner Oberschenkelarterie? Ein schneller Schnitt, und ich verblute in seinen Armen.

Nur wäre für ihn dann das Vergnügen vorbei. Ich habe das Gefühl, dass er mit der Umsetzung seines Racheplans erst begonnen hat.

»Warum Messer?«, frage ich, weil ich von den Orgasmen noch zu high bin, um meine Barrieren aufrechtzuerhalten. Und ich bin überzeugt davon, dass er genau darauf baut.

»Warum nicht?« Er klingt belustigt. »Sie sind robust und vielseitig. Einfach zu handhaben, leicht zu verstecken. Menschen benutzen sie tagtäglich, vergessen dabei aber, wie tödlich sie sein können. Nur wenn sie zu sorglos damit umgehen ...« Er hält die Klinge hoch, setzt sie an seinem Daumen an und schabt damit eine Hautschicht von den Schwielen. »Dann zahlen sie einen Preis dafür.«

»Aber ... warum keine Pistole?«

»Du bevorzugst Schusswaffen, nicht wahr, meine

tödliche Schönheit?« Er küsst mich auf die Schläfe, setzt die Klinge an meiner Muschi an und schabt die dunkle Behaarung dort weg. Ich bemühe mich, nicht zu atmen.

»Sie sind nützlich«, sage ich, sobald ich es kann.

»Wer hat dir das Schießen beigebracht? Dein Vater?«

»Nein. Der war anfangs dagegen.« Vage ist mir bewusst, dass ich zu viel an Informationen preisgebe. Doch das Zaumzeug für meine Zunge habe ich längst verloren. »Aber davon habe ich mich nicht abhalten lassen. Ich habe mich von einem der Männer meines Onkels immer wieder zum Schießstand bringen lassen, bis mein Vater eingeknickt ist und mir eine Waffe gegeben hat.«

»Ermutigt hat er dich nicht?«

»Er hat es eher amüsant gefunden.« Meine Stimme klingt hart.

»Er hat dich unterschätzt.«

»Ja.« Wie jeder Mann in meinem Leben. Außer Royal. Und jetzt vielleicht Victor.

»Und mittlerweile bist du eine hervorragende Schützin.«

»Stephanos habe ich verfehlt.«

»Du bist ihm näher gekommen als irgendjemand sonst. Sich zu verstecken und überleben, beherrscht er meisterlich.«

»Habe ich gehört.« Deshalb haben mein Vater und mein Onkel vor Jahrzehnten den Versuch aufgegeben, meine Mutter zu rächen. Nur dann habe ich die Wahrheit über den Mord an ihr erfahren und beschlossen, eigenhändig Vergeltung zu üben. »Trotzdem war es nicht gut genug.«

»Bestraf dich nicht selbst.« Mit einem leisen Klirren legt er die Klinge weg und die Handfläche auf meine kahle Pussy. Seine Lippen senkten sich zu meinem Ohr. »Das ist meine Aufgabe.«

Seine langen, geschickten Finger gleiten über meine Scham auf und ab und entfachen Ranken der Erregung.

»Hat dich dein Verlobter je so berührt?«

An der Stelle kann ich nicht verhindern, dass mir ein höhnisches Lachen herausrutscht. »David? Nein. Von ihm habe ich mich nie anfassen lassen. Was glaubst du wohl, wie ich ihn so schnell vor den Altar bekommen habe?«

Victor brummt und berührt mich weiter. Er nimmt sich, was ich bisher noch jedem Lover verweigert habe. Als ich ihn aufzuhalten versuche, packt er mit der linken Pranke meine Handgelenke. Mit der freien Rechten streichelt er mich nach wie vor. Trotz der drückenden Müdigkeit, die auf mir lastet, pulsiert meine Muschi unter seinen Zuwendungen. Ein Orgasmus droht.

Ich wiege den Kopf hin und her, wehre mich dagegen. »Nein ...«

»Doch. Nur noch einmal, Lula. Danach lasse ich dich ausruhen, denn dann bin ich mit dir fertig. Zumindest für eine kurze Weile.«

Die pralle Härte unter meinem Hintern besagt zwar etwas anderes, aber ich habe keine Wahl. Ich schmelze an den starken Käfig seines Körpers und lasse ihn weitere Höhepunkte aus meinem erschöpften Leib wringen.

※

ALS ICH AUF dem Rücken liegend erwache, hebe ich den Kopf. Ich bin nach wie vor in Victors Folterverlies, umgeben von denselben grauen Schatten und gedämpften Lichtern. Die langen Stahlstäbe meines Kerkers trennen mich vom restlichen Raum, aber dafür, dass ich mich in einem Käfig befinde, habe ich recht bequem geschlafen.

Ich bin auf einer weichen Unterlage direkt auf dem

Ich zucke mit den Schultern. »Es geht. Wie ein leichter Sonnenbrand.«

»Sehr gut.« Mit Daumen und Zeigefinger macht er das Zeichen für *Okay*. »Du wirst es mir sagen, wenn die Schmerzen zu viel werden.«

Nur mühsam kann ich mich davon abhalten, die Augen zu verdrehen. »Du kannst mir also noch schlimmer wehtun?«

Schmunzelnd legt er den Kopf schief, wodurch das Licht den Konturen seines wunderschönen Gesichts zusätzlich schmeichelt. »Ich will nicht, dass du ständig Schmerzen hast. Nur, wenn mir danach ist.«

»Verstehe.« Ich blicke auf meinen nackten Körper hinab. Mein rasierter Intimbereich hebt sich blasser von der restlichen Haut ab. Die Erniedrigung schmeckt bitter in meinem Mund. Noch schlimmer aber finde ich, wie meine Mitte pulsiert und sich danach sehnt, ausgefüllt zu werden. Sein grausames Lächeln, seine sinnliche raue Stimme, sein perfektes Antlitz entfachen Verlangen in mir. Er ist ein Monster und hält mich gefangen. Ich sollte nicht so empfinden.

Er grinst mich an, als wüsste er genau, was ich gerade denke. Und wie sehr es einem Teil von mir gefällt, einen nackten, hilflosen Kontrast zu seiner kraftvollen, bekleideten Gestalt zu bilden. Er scheint das Ausmaß meines Verlangens nach ihm zu kennen.

Wut steigt in mir auf, und ich schüre sie, brauche ihre Hitze. »Bekomme ich etwas zum Anziehen?«

»Wenn du es dir verdienst.« Er bietet mir eine bereits aufgeschraubte Flasche Wasser an, aus der ein Strohhalm ragt. Als ich danach greife, schüttelt er den Kopf. Er hält sie für mich. Als ich trinke, lobt er mich, als wäre ich ein wildes Tier, das er dazu gebracht hat, ihm aus der Hand zu fressen. »Braves Mädchen.« Sein Zeigefinger tippt mehrmals auf die Daumenspitze. Er versucht, mich mit Handzeichen abzurichten wie einen Hund. So sehr es mir widerstrebt, ich achte aufmerksam auf jede Geste.

Ich trinke die Flasche leer und bin dankbar, dass er meine Folter nicht um Wasserentzug ergänzt.

»Mehr?«, erkundigt er sich. Ich lehne höflich ab und hoffe darauf, dass er mich bei Bedarf ausreichend mit Flüssigkeit versorgen wird.

Mit vier Fingern bedeutet er mir, mich zu ihm zu bewegen. Ein weiteres verdammtes Handzeichen. »Dreh dich um und steck die Hände durch die Gitterstäbe.«

Ich zögere.

»Brave Mädchen werden belohnt.« Wieder tippt er zweimal mit dem Zeigefinger auf den Daumen, bevor er hinter sich fasst und eine weiße Papiertüte ergreift. Als er sie öffnet, weht mir das Aroma von frittiertem Essen entgegen. Mein Magen zieht sich zusammen und knurrt so laut, dass es widerhallt.

»Das ist aus dem *Three Diner*.«

»Ja. Ich habe erfahren, dass du dort gewesen bist, nachdem du … mich verlassen hattest. Aber die wollten nicht mit mir reden.«

Meine Kehle fühlt sich wie zugeschnürt an. Ich kämpfe gegen die Vision einer babyrosa, blutbespritzten Uniform an. »Hast du sie verletzt?«

»Dazu hatte ich keinen Grund.« Er gibt mir erneut das Zeichen. Ich drehe mich um und lehne mich an die Gitterstäbe. Victor ergreift meine Handgelenke und fesselt sie aneinander. Ich drehe den Kopf, kann jedoch nur vage zwei schwarze Ledermanschetten erkennen. Sie sind weich und liegen eng an. Eine kurze Kette verbindet sie miteinander.

Ich kann die Arme entspannen, ohne mir die Schultern zu verrenken. Könnte schlimmer sein.

Er fordert mich auf, mich ihm wieder zuzudrehen und mich hinzuknien, damit er mich von Hand füttern kann, einen Bissen Burger nach dem anderen.

»Willst du mich mit Cholesterin umbringen?«, scherze ich zwischen zwei Pommes.

»Du wirst die Nahrung brauchen«, teilt er mir mit. Sein entschlossener Gesichtsausdruck dreht mir zwar den Magen um, aber die Beklommenheit reicht nicht, um mir den Appetit zu verderben.

Nach dem Essen und noch etwas Wasser wischt er mir das Gesicht ab. Ich spähe an ihm vorbei zu einem kleinen Waschbecken neben einer Tür. In dem Raum dahinter scheint sich eine Toilette zu befinden.

Victor ertappt mich beim Hinschauen, zieht eine Braue hoch und wartet darauf, dass ich frage.

»Ich muss auf die Toilette.« Als ich den Blick senke, bin ich mir selbst nicht sicher, ob ich die Demütigung nur vortäusche. Immerhin bin ich bereits nackt und auf den Knien in einen Käfig eingesperrt.

»Du kannst haben, was dein Herz begehrt.« Er holte eine Vorrichtung mit schwarzem Leder hervor – zwei an einem silbrigen Ring befestigte Riemen. »Solange du mich zufriedenstellst.«

Mit demselben Zeichen für *Komm her* wie zuvor winkt er mich zu sich und lässt mich knien und stillhalten, während er den Ringknebel anbringt. Nachdem er die Riemen festgezogen hat, zwingt der Ring meine Lippen in eine O-Form, und mein Herz setzt einen Schlag aus.

»Okay?«, fragt er, begleitet vom entsprechenden Handzeichen. Ich nicke. Das finde ich besser als den Versuch, durch den Knebel zu reden.

Victor schiebt die Hose runter und präsentiert mir das wunderschöne Ungetüm von einem Penis – lang, ungeschnitten, prall. Diesmal flattert mein Herz. Mein Mund ist offen, für ihn bereit, und ich sabbere um den Metallring herum.

Die erste Kostprobe von ihm ist süß. Dann gleitet er tiefer, pfählt meinen Mund, und ich sauge seinen Winterduft ein, schmecke Salz. Er fasst durch die Gitterstäbe, packt mein Haar und kontrolliert meine Bewegungen. »Atme durch die Nase.« Seine barsche Anweisung erweist sich als Segen, als er mich mit seiner gesamten Länge füllt und meinen Kopf zurückneigt, bis er an den Beginn meiner Kehle stößt. Meine Brust bläht sich, und ich beiße auf das Metall des Rings, bis meine Zähne schmerzen.

»Braves, braves Mädchen.« Er zieht sich zurück, gewährt mir einen Moment zum Luftschnappen. Mehrmals führt er Daumen und Zeigefinger zusammen, bevor er mit dem Daumen die Tränen aus meinem Augenwinkel abwischt. Er kostet davon und gibt mir das Zeichen *Komm her*. »Noch mal.«

Nach mehreren solchen Runden schmerzen meine Knie, aber meine Kehle hat sich darauf eingestellt, ihn aufzunehmen. Mir strömen Tränen über die Wangen, und ich lasse es zu, weil es ihm zu gefallen scheint. Irgendwann drückt er endlich meinen Kopf gegen die Gitterstäbe und spritzt mir in den Rachen.

»Perfekt«, verkündet er und massiert mir das Gesicht, nachdem er den Knebel entfernt hat. »Du machst das gut, Lula.«

Und unwillkürlich empfinde ich einen Anflug von Stolz.

Victor

Ich muss Lula helfen, aufrecht zu bleiben. Bevor sie aus dem Käfig durfte, habe ich ihr ein Halsband angelegt und die Augen verbunden. Ihre Nasenflügel blähen sich wie die einer verängstigten Stute. Sie ist jetzt angespannter als im Käfig. Ihr Arm fühlt sich steif unter meinem Griff an. Es widerstrebt ihr zutiefst, keine Kontrolle zu haben.

Aber sie wird sich an dieses Leben gewöhnen. Zu meinem Vergnügen bewegt sie sich nackt und anmutig durch mein Haus, kniet sich so oft und lange hin, wie ich will, und gehorcht meinen stummen Befehlen mittels Handzeichen, wenn ich ihr die Augenbinde abnehme. Eines Tages wird sie vielleicht für mich kriechen und darum betteln, eingesperrt und angekettet zu werden.

Ich befreie eine ihrer Hände und erlaube ihr, die Toilette mit einen Spalt geöffneter Tür zu benutzen. Eigentlich ist das mehr Privatsphäre, als sie verdient, wenn man bedenkt, dass sie gern Waffen unter Waschbecken versteckt. Aber das damals war mein Versehen.

Als ich ihr mitteile, dass die Zeit um ist, und die Tür öffne, wirkt sie nicht dankbar.

»Wie lange willst du mich so halten?«, fragt sie und starrt mich finster an. Sie hat die Augenbinde eigenmächtig entfernt, wofür ich sie noch bestrafen werde. Doch sie lässt mich widerstandslos den freien Arm hinter ihr fesseln.

»Das liegt ganz bei dir. Mein Bett ist bereit für uns. Aber zuerst bringe ich dir bei, dich so zu unterwerfen, wie ich es mag.«

Sie presst die Lippen zusammen.

»Unterwirf dich sofort. Dadurch machst du es dir leichter.« Als sie nichts erwidert, nehme ich sie am Arm und führe sie an mir vorbei. Zuerst geht sie gehorsam, dann jedoch schreckt sie zurück, als sie sieht, was sie erwartet.

Der Stahltisch ist aus der Mitte des Raums verschwunden, zur Seite geschoben und außer Sicht versteckt. An seiner Stelle befindet sich ein Andreaskreuz. Die aus robustem dunklem Holz gefertigte, mit schwarzem Leder gepolsterte X-förmige Konstruktion scheint den Raum zu beherrschen.

Kurz lasse ich ihr Zeit und genieße die Melodie ihrer rauen Atemzüge. Dann ziehe ich sie vorwärts und stelle sie vor das Kreuz.

»Wir machen weiter, so lange es dauert, Lula. Ich höre erst auf, wenn du mich anflehst, dich mir unterwerfen zu dürfen.«

10

L*ula*

Ich drücke die Wange an das ledergepolsterte Kreuz. Sie rutscht ein wenig, weil die Oberfläche glitschig von meinem Schweiß ist. Über mir hängen meine Arme schlaff in den Fesseln. Mein Rücken steht in Flammen. Victor hat mich mit einem leichten Flogger aufgewärmt, aber schon bald zu einem schwereren gegriffen. Kaum hatte ich mich an den prasselnden Rhythmus der Stränge gewöhnt, hat er den Winkel der Schläge so geändert, dass sie sich wieder wie stechender Regen angefühlt haben. Obwohl er meine Nippel nicht angefasst hat, pochen sie vor Mitgefühl mit meiner misshandelten Rückseite.

Und jetzt benutzt er eine Gerte. Er hat sie mir gezeigt, bevor er damit auf meine Waden und hinten auf die Oberschenkel geklopft hat. Dann schlägt er härter auf die dralle Erhebung meines Hinterns und entlockt mir damit ein

Knurren. Die Gerte peitscht auf meinen Rücken und Po ein, hinterlässt brennende Stellen, und so sehr ich den Schmerz hasse, liebe ich die zurückbleibende Hitze.

Die Gerte landet seitlich auf meinen Brüsten. »Atme, Lula«, weist er mich an, und ich wappne mich für das Brennen. Die Lederklatsche küsst erst meine linke Brust von der Seite, dann die rechte. Knurrend kämpfe ich gegen die Manschetten an, in denen meine Hände stecken.

»Tut weh, oder?«

»Fick dich«, murmle ich.

»Wie unhöflich. Wo bleiben deine Manieren?«

Etwas Breites, Rechteckiges drückt gegen meinen Hintern, entfernt sich davon und saust darauf nieder. Ich schreie auf. »Oh du Mistkerl.«

Auf die andere Pobacke folgt ein weiterer harter Schlag, doch diesmal habe ich damit gerechnet. Als er eine Pause einlegt und mich etwas Wasser trinken lässt, schleudere ich ihm einen finsteren Blick zu. »Perverser Pisser. Machst du das mit allen deinen Opfern?«

»Nur mit dir.«

»Also bin ich besonders.«

»Sehr.«

Victor tritt wieder hinter mich, ein über mir aufragendes Monster. Etwas Weiches fällt auf mein Gesicht, und ich reiße den Kopf zurück.

»Ganz ruhig, das ist nur die Augenbinde.« Er zieht den Seidenstreifen über meinen Augen straff, und die Welt entzieht sich mir. Ich nehme kein Licht wahr, keine Bewegungen, nicht mal ein Gefühl von Formen oder Schatten. Es ist finsterer als die Nacht.

Lieber würde ich stundenlang Schmerzen ertragen, als mir so die Sicht rauben zu lassen. Ich beiße mir auf die Unterlippe, um nicht zu betteln.

Victor rührt sich hinter mir. Ich achte auf das leise Rascheln seiner Kleidung und seine Atemgeräusche. Er tritt näher und streift meinen Rücken. Eine Gänsehaut breitet sich über meinen Körper aus.

Seine Hände bewegen sich meine Seiten hinab, umkreisen die wunden Striemen, die seine Gerte an meinem Hintern hinterlassen hat. Da ich nichts sehe, kann ich mich nur auf den kribbelnden Pfad seiner kühlen Finger über meine Haut konzentrieren. Die Berührungen fühlen sich unausweichlich beruhigend an. Er lässt sich Zeit, streichelt meine Waden, sogar meine Fußgelenke. Obwohl er zärtlich ist, bebe ich und möchte Widerstand leisten. Mich wehren. Dann presst er sich gegen meinen Rücken. Damit erweckt er das Brennen der Haut – und, schlimmer noch, ein intensives Verlangen tief in meinem Innersten. Seine Hände wandern zu meiner Front und ziehen dort zarte Kreise. Die Berührungen sind süß und sinnlich, verwirren meinen Körper. Ist er mein Feind? Oder mein Lover?

»Hör auf«, flüsterte ich. »Nein.«

»Nein?« Er hält inne, vom Nacken bis zu den Knien an mich geschmiegt. »Das willst du nicht?« Hauchzart streichen seine Finger zum V meiner Beine hinab, zu meiner rasierten Scham. »Oder das?« Kaum spürbar streift er meine Schamlippen.

Ich schüttle den Kopf, kann mich jedoch nicht dazu überwinden, zu protestieren.

Er senkt die Lippen auf meine nackte Schulter. »Schon gut, kleine Lügnerin. Aber ich muss dich noch dafür bestrafen, dass du die Augenbinde abgenommen hast.«

Als er zurücktritt, durchströmt mich Erleichterung. Soll er mich ruhig schlagen, mich zeichnen, mir seine Wut in die Haut brennen. Hauptsache, er bringt mich nicht dazu, dass es mir gefällt oder ich mich sogar danach sehne.

Bring mich nicht zum Kommen.

»Soll ich den Flogger benutzen?« Weiches Wildleder streicht über meinen Rücken. »Das Paddel? Oder die Gerte? Wollen wir etwas Neues ausprobieren?«

Es bringt nichts, ihm zu antworten. Was immer ich sagen könnte, würde es nur verschlimmern.

Ich reibe den Kopf an der Lederpolsterung und wünschte, ich könnte die Augenbinde loswerden.

»Böses Mädchen.« Er packt mich am Haar und zieht meinen Kopf zurück. Ich füge mich, damit er mir nicht den Hals verrenkt. »Wenn du damit nicht aufhörst, verpasse ich dir einen Haltungskragen.«

Noch mehr Bondage. Bisher ist er milde mit mir umgesprungen. Es könnte wesentlich schlimmer sein. »Nicht«, ringe ich mir ab. »Ich werde brav sein.«

»Ja, das wirst du. Und ich weiß auch, wie ich dafür sorge.«

Damit verlässt er mich. Als er zurückkommt, legt er mir etwas um die Taille und die Beine an. Dem Gefühl nach irgendein Gurtzeug mit einem breiten Teil, der meinen Schritt bedeckt. So was wie ein Keuschheitsgürtel? Aber ich bin mit allem zufrieden, was ihn davon abhält, mit meiner Pussy zu spielen und mir Lust zu bereiten.

Er zieht die Vorrichtung fest. Ich stelle mich auf die Zehenspitzen, kann dem gegen mich drückenden Teil jedoch nicht entkommen.

»Wie fühlt sich das an?«, fragte er.

Der Gegenstand zwischen meinen Beinen erwacht zum Leben und vibriert direkt an meinem Kitzler. Mir entfährt ein spitzer Aufschrei. Ich stemme mich noch höher, als könnte ich dadurch irgendwie entkommen.

»Hervorragend.« Damit tritt er zurück. Die nächsten endlosen Minuten verbringt er damit, die Geschwindigkeit und Intensität der Vibrationen anzupassen. Schließlich bleibt er bei einem Muster ungleichmäßig an- und abschwellender Schwingungen. Hitze breitet sich in meinem Bauch aus, pendelt sich aber bei einem zarten Brodeln ein. Ohne Sicht nehme ich nur die beharrliche, willkürlich wechselnde Stimulation zwischen den Schenkeln wahr. Ich lehne mich an das Kreuz, reibe die Nippel an dem stabilen Rahmen, hoffe auf einen Funken, ein Ziehen, irgendetwas, das meinen Höhepunkt auslöst.

Das ist Folter der süßesten Art.

Das Spielzeug summt, während er mich weiter auspeitscht. Empfindungen prallen aufeinander, bis ich sie kaum noch voneinander unterscheiden kann – das Brennen auf dem Rücken, das Kribbeln an meiner Klitoris, die Anspannung meiner inneren Muskeln. Die Grenzen dazwischen verschwimmen, und die ansteigende Flutwelle meines Höhepunkts droht, über mich hereinzubrechen.

Ich winkle die Hüften an, versuche verzweifelt, mich an dem Kreuz zu reiben. Wenn es mir gelingt, die Platte zwischen meinen Beinen näher an mich zu drücken, finde ich vielleicht Erlösung. Aber es ist sinnlos. Sobald ich das Becken vorschiebe, stellt Victor die Vibrationen ein.

»Unanständiges Mädchen.« Er hält mich an der Hüfte fest und lässt mich erneut das Paddel spüren. Er schlägt mich, bis ich im Versuch, ihm zu entkommen, von einem Fuß auf den anderen tänzle. Dann verstärkt er die Vibrationen, verwandelt die Schmerzen in herrlichen, in perfekten Druck. Meine Klitoris schwillt an, mein Orgasmus rast auf mich zu ...

Und die Vibrationen enden.

»Nein«, murmelte ich, obwohl ich es nicht will. »Bitte.«

»Da du so lieb fragst ... Bettle um deine Bestrafung. Dann gebe ich dir eine Belohnung.«

Meine Gedanken überschlagen sich. Da ich zu lange für die Antwort brauche, entfernt sich Victor wieder.

»Na schön.« Er wechselt zum schwereren Flogger und lässt die Stränge mit ihren geknoteten Enden mit einer Heftigkeit auf mich einprasseln, die mir den Atem verschlägt. Zuerst betäuben mich die Hiebe, mit Verzögerung jedoch setzt der Schmerz ein.

Eine Weile fluche ich, aber irgendwann geht mir der Zorn aus. Ich bin in der Dunkelheit verloren. Die Qualen geben mir wenigstens etwas, worauf ich mich konzentrieren kann. Sie flammen in der Ferne wie ein grelles, bösartiges Licht auf.

Außerdem kann ich durch das Augenmerk auf den Schmerz ignorieren, was sich sonst noch in meinem Körper abspielt. Nämlich eine eigenartige Alchemie, die alle Empfindungen zu dem tiefsitzenden, hartnäckigen Verlangen zwischen meinen Beinen bündelt.

Irgendwann reichen die Qualen nicht mehr aus, um mich in der Gegenwart zu verankern. Sie werden zu einem gewaltigen, brandenden Ozean, und ich verliere mich im An- und Abschwellen der Wogen.

Ich kann nichts sehen, aber ich kann hören. Ohne mir dessen bewusst zu sein, fange ich zu summen an. Das Geräusch ist eine weitere Vibration, ein erfreulicher Kontrast zu jenem zwischen meinen Schenkeln.

Ich bekomme kaum mit, wie Victor meinen Namen ruft. Seine Wange reibt an meiner, und ich lehne mich dem angenehmen Kratzen seiner Bartstoppeln entgegen.

»Bist du noch bei mir?« Er legt die Hände auf meine Brüste und küsst meinen verschwitzten Nacken. Ich presse mich an seine Handflächen und neige den Kopf, lasse seinen Mund über die empfindsamen Stellen streichen. Victor könnte mir die Kehle durchschneiden. Er könnte mich beißen, mich zum Bluten bringen. Stattdessen küsst er mich mit schier unglaublich weichen Lippen. Ich will es hassen. Tue ich aber nicht. Dafür fühlt es sich zu gut an.

Als er zurücktritt, würde ich am liebsten weinen. Ich warte auf eine weitere Runde des Floggers, die jedoch ausbleibt. Stattdessen vibriert das Spielzeug an meinem Kitzler schneller und schneller. Meine Atmung beschleunigt sich, meine Hüften wiegen sich, als könnte ich dadurch auf den unsichtbaren Wellen reiten. Allzu bald verflachen sie und enden.

»Sag mir, was du willst, Schönheit. Sag es mir, und ich gebe es dir.«

»Bitte. Ich will kommen.« Meine Stimme klingt weit entfernt.

Als er das Gurtzeug lockert, bin ich den Tränen nah. Die Riemen und die Platte fallen von mir ab. Victors Hand ersetzt sie.

»Bettle«, zischt er. Seine Stimme trieft vor Bösartigkeit, aber seine langen Finger bearbeiten mich bereits zwischen den Beinen und bescheren mir Ekstase.

»Bitte, bitte, bitte«, flüstere ich wieder und wieder. Es fühlt sich nicht wie eine Niederlage an. Vielmehr richtig, wie ein natürlicher nächster Schritt. Als wäre ich unter Wasser gewesen, endlich durch die Oberfläche gebrochen und könnte einen süßen Atemzug einsaugen. Es ist keine Kapitulation, sondern was ich zum Überleben brauche.

Er bespielt meine Klitoris genau richtig, lockt das Stöhnen wie eine Melodie aus mir heraus.

»Ja«, hauche ich. »Mehr.«

Seine Finger tauchen in meine triefende Öffnung. Das reicht beinah. Der Orgasmus zeichnet sich grell schillernd in Reichweite ab. Dann legt er die freie Hand auf meine Brust und kneift mich in den wunden Nippel.

Mit aufgerissenem Mund komme ich und erzittere an dem Kreuz. Geheul dröhnt durch meine Ohren. Als ich vom Gipfel herabschwebe, wird mir bewusst, dass der Laut von mir ausgeht.

Victor nähert sich mir, und meine Arme fallen herab. Als Nächstes befreit er meine Fußgelenke, dann hebt er mich hoch. Meine Augen sind nach wie vor verbunden – ich bin in Dunkelheit und aus dem Gleichgewicht. Ich greife nach ihm, klammere mich an meinem Entführer fest, als wäre er das Einzige, was mich auf der Erde verankert.

»Ich muss dich schmecken.«

Er legt mich auf einen Tisch ab. Wieder werde ich festgeschnallt, doch es ist mir egal, denn meine Beine werden gespreizt, und Victor ist da, oh, und wie er da ist. Sein heißer Mund landet auf meinen Schamlippen, seine Zunge schiebt sich in mich. Ich werfe den Kopf zurück und schreie auf. Er leckt und leckt, verschlingt mich förmlich, und mein nächster Orgasmus bahnt sich an, diesmal nicht als sanfte Woge, sondern als Tsunami, der über mich hinwegfegt und alles auf seinem Weg vernichtet.

Ich kann nichts sehen, und das ist grausam. Jedes Drücken seiner Hand, jedes sanfte Streichen seiner Zunge, alles wird tausendfach verstärkt. Es ist brutal, mir den Anblick von Victors entschlossenem Antlitz zu verweigern – sein Mund hinter meinem Venushügel verborgen, sein Blick auf mich gerichtet, die Pupillen geweitet, das eisige Blau darin von Lust erfüllt.

Ich weiß nicht, wie lange er mich leckt, wie viele Orgasmen mich ereilen oder ob es ein einziger ausgedehnter, durchgehender Höhepunkt ist. Ich weiß nur, dass ich es als Gnade empfinde, als er endlich den Mund von mir löst.

»Lula«, stößt er mit knurrendem Unterton hervor, bevor wieder der Flogger fällt und meine Vorderseite wärmt. Danach folgt die Gerte auf meine Brüste. Es tut weh und fühlt sich zugleich gut an. Ich wölbe den Rücken durch, nehme die Schmerzen auf, will die Verbindung zu ihm auf jede mir mögliche Weise spüren. Ich will ihn fühlen, ihn berühren. Ob Schmerz oder Lust spielt keine Rolle. Ich will mehr, mehr, *mehr*.

Sein Daumen stößt gegen meine Klitoris, und mir wird bewusst, dass er aufgehört hat, mich zu schlagen. Mein gesamter Leib pulsiert. Empfindungen durchströmen mich, verschlingen mich. Jeder einzelne Nerv vibriert. Ich stelle mir meinen Körper auf der gepolsterten Unterlage vor, diesmal nicht auf einem Metalltisch, meine Haut ein Gemälde aus Schattierungen von Rosa und Rot, meine Pussy ein blasses Ziel dazwischen. Ich spüre, wie sich Victor über mich beugt, nehme seinen Kopf am Schlüsselbein wahr, bevor er über meine Brüste nach unten wandert. Seine Zunge erkundet meinen Bauchnabel, und mir entringt sich ein langes, leises Stöhnen. Er dringt nur eine Spur in mich ein, und es fühlt sich so verdammt gut an.

»Willst du mich, Lula? In dieser hübschen Pussy?« Er streichelt mich, und jede Berührung seiner Hände ist herrlich. »Wirst du für mir brav sein?«

In der Ferne läutet eine Alarmglocke. Ich kneife unter der Seide die Augen zu.

»Brave Mädchen dürfen durch meinen Schwanz kommen.« Seine Finger gleiten in die Spalte meines Hinterns. »Böse Mädchen kriegen etwas anderes.« Die Fingerspitzen ertasten meinen Hintereingang und kitzeln die straffe Haut dort. Ein Schock durchzuckt mich.

»Hat dich da schon mal jemand genommen?« Er beugt sich nah zu mir und flüstert wie ein Liebhaber. Ich halte

den Atem an, während er meinen Schließmuskel umkreist. Vergeblich versuche ich, die Pobacken anzuspannen. Er drückt sich dazwischen. Sein Finger ist von meiner Muschi so glitschig, dass es ihm gelingt, sich durch den engen Ringmuskel zu zwängen. Nur wenige Millimeter, aber es brennt.
»Ja oder nein? Antworte mir, Lula.«
»Nein.«
»Dann werde ich der Erste sein.« Er klingt so überzeugt, dass mich ein Beben durchläuft. »Bald.« Als er die Hand zurückzieht, verspüre ich Erleichterung. Allerdings währt sie nicht lange.

Er tritt zurück, und die Gerte kommt wieder zum Einsatz, diesmal auf meine schutzlose Scham. Victor schlägt damit abwechselnd zu und erkundet meine Spalte. Er benutzt sie, um mich zu einem weiteren Orgasmus zu treiben, was zugleich wundervoll und schrecklich ist. Als er mich schließlich vom Tisch befreit und in die Arme nimmt, klammere ich mich an ihm fest, als wäre er mein Anker im Ozean. Wenn ich ihn loslasse, werde ich ertrinken.

∽

Lula

»Warum Stephanos?« Wir sind nach einer weiteren langen Session erst auf dem Tisch und dann am Kreuz unter der Dusche. Mittlerweile haben wir eine Routine entwickelt. Er fesselt und bearbeitet mich. Jedes Mal, wenn er mir eine Anweisung erteilt, benutzt er dafür die Handzeichen, die ich mir längst eingeprägt habe. Ich werde dazu gebracht, um einen Orgasmus zu betteln, dann beschert er mir so viele, dass ich ihn anflehe, damit aufzuhören. Im wache im Käfig auf. Nachdem ich gefüttert und mit Wasser versorgt bin, wird mir ein wenig Privatsphäre gewährt, aber Victor bleibt immer in der Nähe. Er wäscht mich, entweder im Bad oder, wie diesmal, unter der Dusche. Manchmal lässt er mir die Augen verbunden. Und er sorgt dafür, dass ich stets rasiert bin.

Es ist keine Rede mehr davon, dass ich mir Privilegien verdienen kann, aber ich weiß, dass er mein Verhalten im Auge behält. Manchmal, wenn ich ihn anflehe, aufzuhören, zeigt er Gnade und zwingt mich nicht zum Kommen. Statt zu überlegen, wie ich mich befreien, mir eines seiner zahlreichen Messer schnappen und es ihm ins Herz rammen kann, grüble ich darüber, wie ich ihn erfreuen kann. Und so sehr ich mir einrede, dass ich dadurch mehr Freiheiten und so wiederum eine Chance erlangen kann, zu entkommen, ist das nur ein Teil der Wahrheit.

Er zermürbt mich.

»Lula«, sagt Victor mit an- und abschwellender Stimme und kneift mich in einen Nippel. Er hat mir die sogenannten Clover Clamps vorgestellt, und ich habe nie zuvor solche Schmerzen erlebt. Ich bemühe mich nach Kräften, ihn glücklich zu machen, wenn ich sie trage.

Was hat er mich gefragt? »Stephanos? Er ist unser Feind.«

»Im Vergleich zur Familie Regis ist er ein kleiner Ganove. Eine Fliege, die um ein Rudel Löwen herumschwirrt.«

»Er hat uns bestohlen.«

»Er stiehlt von allen Familien. Seit etlichen Jahren. Er ist ein Aasgeier. Das reicht nicht, um deinen lebenslangen Rachefeldzug zu erklären.«

Mir erscheint unmöglich, dass Victor nichts vom Tod meiner Mutter weiß. Für wahrscheinlicher halte ich, dass er darüber im Bilde ist, mit mir spielt und ich ihm meine Gründe und mich offenbaren soll. »Vielleicht mag ich ja keine Diebe.«

Er klatscht mir auf den Po. Das Geräusch hallt in dem gefliesten Raum wider. »Du verdienst dir den Lebensunterhalt damit, Diebe zu schützen. Lüg mich nicht an.« Seine Hand legt sich auf meinen Hintern und massiert ihn. »Du weißt, dass ich keine Lügen zwischen uns dulde.« Seine Berührung wird verwegener. Die Hand schiebt sich in meine Pospalte. Mit einem Fuß spreizt er meine Beine und beugt mich vor, um mit meinem Hinterteil zu spielen. Victor dringt zunehmend öfter in diese Tabuzone vor, meist in den intensivsten Phasen einer Schmerzbehandlung, wenn ich zu erschlafft bin, um dagegen zu protestieren. Er zwängt die Finger tief in die Ritze, ertastet die glatte Haut meines Schließmuskels und massiert ihn. Was sich eigenartig gut anfühlt. Ich lege die Handflächen gegen die Fliesen, teils um mich abzustützen, teils um mir einzureden, ich könnte die Empfindung wegdrücken.

»Du weißt, dass ich es früher oder später herausfinde«, stichelt er und drückt einen Knöchel gegen meinen Anus. Er hat lange, elegante Finger, trotzdem fühlen sie sich unglaublich riesig an, wenn er mir einen davon in den Arsch schiebt.

»Wenn du mir nicht verraten willst, warum du hinter Stephanos her bist, dann wirst du mir sagen, warum du so unbesonnen und ohne Verstärkung in Gefahr gestürmt bist. Praktisch unbewaffnet.«

»Ich war nicht ...«

»Es war dumm.« Er hört auf, damit zu drohen, meinen Hintereingang zu penetrieren. Stattdessen ergreift er die Pobacken und quetscht sie so fest, dass bestimmt Blutergüsse davon zurückbleiben werden. »Ein Wort, und du hättest die volle Macht der Familie Regis hinter dir. Und vielleicht sogar der anderen Familien, wenn ihr eine Allianz bildet.«

Ich schlucke. An eine Allianz habe ich nie gedacht. Wenn zu viele Leute im Spiel sind, schwindet die Chance, dass Stephanos durch einen meiner Schüsse stirbt.

»Warum also, Lula? Warum hast du dich so dumm angestellt? Dein Cousin hätte dich mit Sicherheit unterst...«

»Wir haben einen Maulwurf!« Meine Stimme ertönt zu schrill, zu laut. Ich beiße mir auf die Unterlippe, um nicht mehr zu sagen. Victor ist kein Richter, den ich überzeugen muss, indem ich meinen Fall präsentiere. Er ist mein Entführer – der sich mit jeder Stunde, jeder Sekunde tiefer in meine Psyche vorarbeitet.

»Ah.« Victor lässt die Hand sinken. »Ein Maulwurf. Das erklärt, warum Stephanos so lange überlebt hat.«

»Er ist eine Ratte.«

»Die andere Ratten anzieht. Und ihr habt diesen Maulwurf noch nicht entdeckt?«

»Sonst hätte ich Verstärkung gehabt. Ich hätte nichts so ... so Dummes versucht.«

»So Selbstmörderisches, meinst du.« Seine Stimme klingt tonlos, aber er schmiegt sich an meinen Rücken. Als ich mich aufrichte, packt er mich an den Hüften und zieht mich zärtlich an sich. Er hat einen Steifen – den hat er ständig. Es erfordert schier unmenschliche Anstrengungen, ihn zu befriedigen, und während meiner Folterungen hält er sich zurück. Ich wölbe den Rücken durch, lehne mich ihm entgegen, doch er spreizt nicht mit dem Fuß meine Beine und nimmt mich. Stattdessen ergreift er die Seife und lässt die Hände über meine Brust wandern, streicht unter dem Vorwand, mich zu waschen, über meine Haut. Mit angehaltenem Atem lasse ich mich von ihm berühren. Es fühlt sich wundervoll an, obwohl ich weiß, dass es mit zu seinem Plan gehört, mich zu brechen. In einer Minute wird er die Seife weglegen, das Rasiermesser zur Hand nehmen und es über meine Haut ziehen, um die Stoppeln zu entfernen. Es gibt keinen Teil von mir, den er noch nicht gründlich angefasst hat. Keinen Teil, den er nicht besitzt.

»Das war für mich am schlimmsten«, ertönt nach einer langen Weile seine raue Stimme an meinem Ohr. Blinzelnd wird mir klar, dass ich eingedöst bin. Ich stehe auf wackeligen Beinen immer noch an ihn gelehnt da, während der sanfte Regen der Dusche auf mich herabprasselt. Er muss einen riesigen Warmwassertank besitzen.

»Was?«

»Zu erfahren, dass du nur mit zwei Pistolen und meinem Mantel in Stephanos' Versteck geschlendert bist, während ich vom Arzt zusammengeflickt worden bin.«

»Ich hatte auch High Heels und Strümpfe an«, korrigiere ich, weil ich nicht möchte, dass er ein falsches Bild vor Augen hat. Er quittiert es damit, dass er mich in die Nippel kneift, und ich begrüße das Brennen. Es hilft, mich aus meiner Benommenheit zu reißen.

»Ungeduldig habe ich darauf gewartet, etwas darüber zu hören, was aus dir geworden ist.«

»Warum?«

»Du weißt, warum.«

Das könnte ich zwar leugnen, aber es ist zu offensichtlich. Er wollte mich lebend, um mich selbst umbringen zu können. Manchmal, wenn ich auf meiner Pritsche im Käfig aufwache, überrascht mich, dass ich noch atme.

»Und dann habe ich endlich erfahren, dass du noch am Leben und in Sicherheit bist. Sicher in der Festung der Familie Regis.«

»Nicht allzu sicher«, murmelte ich bei der Erinnerung daran, wie mühelos Victor mich gefunden hat.

»Es gibt keine Festung, die mich fernhalten kann. Es war nur eine Frage der Zeit.« Seine Hand gleitet meine Vorderseite hinab, bis sie sich auf meine Pussy legt. Er schiebt zwei Finger in mich und krümmt sie, massiert grob den G-Punkt, bis mein verräterischer Körper erzittert wie die letzten Herbstblätter an einem Zweig. »Und während der Suche nach dir habe ich mir ausgemalt, was ich mit dir anstellen würde. Wie ich dich darauf dressieren würde, mich zu erfreuen.«

Als seine Finger tief in mich tauchen und mich dehnen, reibt sein Handballen mit rauen, schrammenden Bewegungen über meine Venusperle. Also sollte mein Orgasmus eine Bestrafung werden. Und so wund, wie ich mich nach den Höhepunkten von vorhin noch fühle, wird er das vielleicht auch. »Wie ich dich dafür bestrafen würde, dass du gegangen bist. Und dafür, dass du um ein Haar dein Leben weggeworfen hättest.«

»Nicht für den Versuch, dich umzubringen?«

»Nein, Lula.« Als ich am Rand des Orgasmus bin, lässt er von mir ab. Was ich zugleich als Erleichterung und als Folter empfinde. Zähneknirschend verkneife ich mir ein Stöhnen. »Wir wissen beide, dass du nicht wirklich versucht hast, mich umzubringen.«

»Ich habe auf dich geschossen.«

»In den Bauch.« Er packt eine Handvoll meiner nassen Haare und zieht meinen Kopf zurück. In der Haltung bin ich verwundbar. Aber es fühlt sich auch gut an – die Prise Schmerz an der Kopfhaut durch seine Faust in meinem Haar, das auf mein nach oben gewandtes Gesicht prasselnde Wasser.

Seine Zähne schrammen über meinen Hals.

»Ich habe noch nie getötet. Vielleicht habe ich Stephanos deshalb verfehlt.« Meine Stimme schwankt. Nach all dem Üben und den langen Stunden auf dem Schießstand habe ich mich als zu weichherzig erwiesen. Als zu schwach.

»Vielleicht. Aber mich hast du nicht verfehlt. Du hättest mir auch zwischen die Augen schießen können. Dann wäre ich sofort tot gewesen.« Er führt meinen Kopf nach unten, damit er die Zähne auf meinen Nacken senken kann. Wie ein Löwe, der eine Löwin unterwirft. »Oder ins Herz. Doch das hast du nicht, richtig?«

»Vielleicht wollte ich dich leiden lassen.«

»Du hast mich gezeichnet, wolltest aber, dass ich überlebe. Weil du es tief in deinem Innersten gewusst hast.«

Ich zucke zurück und ramme die Ellbogen in seinen festen Körper. Bisher habe ich nie gegen ihn angekämpft, wollte immer warten, bis ich ihn wirklich überrumpeln könnte. Aber es ist diesmal auch kein echter Versuch. Immerhin sind wir beide nackt unter der Dusche, er ist doppelt so groß wie ich und versteht etwas von Nahkampf. Ellbogen in den Bauch werden ihn nicht außer Gefecht setzen, nicht mal, wenn ich das Glück hätte, direkt seine noch heilende Wunde zu treffen. Meine Gegenwehr ist aussichtslos.

Aber ich muss ihn zum Schweigen bringen.

Meine Füße rutschen über die Fliesen, als ich mich von ihm wegdrücke und mir eine Ecke suche, in die ich mich mit dem Rücken lehnen kann. Sofort hat er mich, packt meine Handgelenke, als ich nach ihm krallen will. Er presst sich an mich und fixiert meine Beine so, dass ich ihn nicht treten kann. Knurrend blecke ich die Zähne. Er drückt mich an die Wand und hält meine Handgelenke über meinem Kopf fest. Victor ist nicht nur größer als ich, sondern auch schier unheimlich stark. Er setzt jeden Quadratzentimeter seines Körpers ein, um mich einzukerkern. Da meine beiden Handgelenke mühelos in seine linke Hand passen, hat er die rechte frei und kann sie um meinen Hals legen. Am Ende bin ich hoffnungslos zwischen ihm und der Fliesenwand der Dusche gefangen.

Rühren kann ich mich nicht, aber ich funkle ihn wutentbrannt an. Wenn Blicke töten könnten, würde er gerade verbluten. Er mustert mich lächelnd, während Wasser über sein unverschämt schönes Gesicht strömt. Seine Lippen sind meinen nah. Wenn er versucht, mich zu küssen, beiße ich ihm in die Zunge.

»Du hättest mich umbringen können«, säuselt er. »Und du hast es nicht getan. Weißt du, warum?«

Ich dränge gegen ihn und nutze den kleinen, so eroberten Freiraum, um mich von ihm wegzudrehen. Er rammt mich mit dem Gesicht voraus gegen die Wand. Seine Erektion drückt gegen meinen Rücken. Sein leises Lachen hallt in der Dusche wider.

»Weil du mich gemocht hast, Lula. Du wolltest nicht, dass ich sterbe.«

»Du warst mir keine zweite Kugel wert.«

Er verstärkt den Druck auf meinen Körper und verlagert die rechte Hand so, dass er besseren Halt um meine Kehle hat. »Du hast gehofft, dass ich überlebe. Und du hast gewusst, dass ich mir dich dann holen würde. Ein Teil von dir muss es gewollt haben.«

»Nein.«

»Lüg mich nicht an.« Seine Finger drücken zu, schnüren mir die Luftzufuhr ab. Ich kämpfe zwar, kann mich aber kaum bewegen.

Das war's. Er wird mich umbringen. Victor weiß genau,

wie er zudrücken muss, um mich zu erwürgen, und ich baumle hilflos in seinen Armen.

»Gib es zu«, verlangt er mit knurrendem Unterton an meinem Ohr. »Du wolltest mich.«

»Nein.«

»Du wolltest zu mir zurück.«

»Nein ...« Meine Stimme wird schwächer, mein Hirn schreit nach Luft. Ich kratze an den Fliesen, werde jedoch matter und matter. Der Sauerstoff ist aus meiner Lunge entwichen, und mit ihm hat sich meine Kraft verflüchtigt.

»Du brauchst es, so beansprucht, so unterworfen zu werden.« Seine Stimme dringt aus weiter Ferne zu mir.

Ich sterbe. Er bringt mich um. Das Ende ist gekommen.

»Lula ...«

Ich öffne den Mund. Krächzend stoße ich mit einem letzten Atemzug hervor: »Tu es.«

»Scheiße.« Knurrend lockert er den Griff. Süße, kostbare Luft strömt in mich, und ich fühle mich wie ein losgelassener, in den Himmel emporschwebender Ballon. Ich bin schwerelos, als Victor mich anhebt und so an die Wand stützt, dass er meine Beine spreizen und sich in mich rammen kann. Es fühlt sich so gut an, so richtig. Vor Victor habe ich es nie blank mit einem Mann gemacht. Es ist falsch, aber perfekt.

Er fickt mich höher und höher. Ich komme mit dem Kopf irgendwo in der Stratosphäre, während meine Wange über Fliesen rutscht.

11

Lula

»Lula, bleib bei mir.«

Es gibt keine Lula. Sie ist weg, verzehrt von Ekstase. Ich erkenne mich nicht wieder. Selbst meinen Namen erkenne ich kaum. Es gibt keine Grenzen zwischen mir und der Außenwelt. Von meiner Verteidigung ist nichts übrig. Victor hat alles weggevögelt.

Ein kleiner, primitiver Teil von mir bekommt mit, dass ich abgetrocknet und aus der Dusche getragen werde. Dort hat er mich genommen, mich gewürgt, und ich habe es begrüßt. Ich habe den Tod begrüßt.

Aber er hat mich nicht umgebracht. Stattdessen hat er mich zerschmettert. Und das ist in Ordnung, weil ich nicht mehr ich selbst bin.

»Sprich mit mir, Kleines.«

Ich schnaube. So klein bin ich nicht. Ich besitze einen

schlanken Rumpf, aber üppige Brüste und einen noch größeren Hintern. Leahs Muffins setzen sich bei mir direkt an den Hüften fest. Nur durch stundenlanges Rudern halte ich sie von den Oberschenkeln fern.

Anscheinend habe ich all das laut ausgesprochen, denn Victor antwortet: »Ist mir aufgefallen.« Er klingt belustigt. »Aber für mich bist du trotzdem klein.«

Er legt mich ab. Ich sinke in etwas Weiches, Wolkenartiges. Er beugt sich über mich, zeichnete sich als schemenhafte Gestalt ab. Victor. Der Sieger unseres Spielchens. Unseres Kampfs auf Leben und Tod.

Ich hätte wissen müssen, dass es so enden würde. Mit ihm über mir, in der Hand ein blutiges Messer ...

Etwas stößt gegen meine Lippen. Ein Strohhalm. »Trink, Schönheit.«

Ich gehorche. Als ich fertig bin, bringe ich heraus: »Ich bin nicht schön.«

Irgendwo über mir seufzt er. »Musst du mir widersprechen?«

»Ja. Dazu bin ich geboren. Also kann ich auch dabei sterben.«

Ich werde herumgerollt und in etwas Flauschiges und Warmes gehüllt. Eine Decke. Es gibt Worte für so viele Dinge. Worte, die ich an sich kenne, aber alles schwebt irgendwie außer Reichweite.

»Das reicht, Schätzchen.«

Schätzchen?

»Sch-sch.« Victor fixiert die Decke um mich herum. »Zeit, sich auszuruhen. Ich habe dich überfordert.«

War das nicht der Sinn der Sache?

»Wenn du nicht aufhörst zu reden, kneble ich dich.«

Mir war nicht bewusst, dass ich geredet habe. Meine Kehle fühlt sich rau an. Victor lässt mich erneut Wasser trinken, bevor er zu mir ins Bett steigt. Seine Arme legen sich um mich und ziehen mich an die harte Wand seines Körpers. Ich schließe die Augen und lasse mich treiben ...

Dabei kommt mir der Gedanke, dass ich noch nie so innig festgehalten worden bin, nicht mehr seit meiner Kindheit. Nicht mehr seit dem Tod meiner Mutter, mit dem meine Welt kalt geworden ist.

»Für meine Mutter«, sage ich. »Deshalb habe ich es auf Stephanos abgesehen.«

»Ich weiß.«

»Also doch! Ich hab geahnt, dass du es weißt.«

»Ja, Kleines. Du hattest recht.« Ein Kuss auf meine Schläfe.

»Er hat sie vor dem Teigwarenladen umgebracht«, berichte ich Victor. Die Worte sprudeln aus mir hervor, als wäre ich eine frisch entkorkte Flasche Champagner. »Es sollte so aussehen, als hätten die Vesuvis dahintergesteckt. Aber ich hab nachgeforscht und es herausgefunden ... Ich hab's herausgefunden ...«

Als Victor mich berührt, erkenne ich, dass mein Gesicht nass ist.

»Er war es«, sage ich. Meine Augen brennen, also lasse ich sie geschlossen. »Er wollte Sie umbringen. Um einen Krieg anzuzetteln.«

»Schhhh.«

In meiner Brust krallt ein Monster nach Befreiung. Ich bringe zu Ende, was ich ihm zu sagen habe. »Sie war unterwegs, um mich von der Schule abzuholen, und hat angehalten, um frische Cavatelli zu besorgen. Meine Lieblingssorte.« Und dann schmerzt es zu sehr. Mehr bringe ich nicht heraus.

Eine lange Zeit später sagt Victor: »Es ist nicht deine Schuld. Das weißt du, oder?«

Ich weiß gar nichts.

»Es wird alles gut, meine Lucrezia. Du wirst heilen.«

»Du kannst mir nicht sagen, was ich zu tun habe.« Ich presse die Finger zusammen und mache eine hackende Geste, falls er die Worte nicht versteht. *Nein.*

Sein Lachen haucht mir als kalter Winterwind ins Gesicht. »Na schön. Du entscheidest selbst.«

Das klingt schon besser.

»Jetzt schlaf. Morgen früh können wir wieder diskutieren. So viel du willst.«

Ich gähne zwar, fühle mich aber plötzlich wacher. Mein Schmerz ist abgeflossen, als hätte es ihn nie gegeben. Ich wackle mit den Hüften und versuche, mich tiefer in die Laken zu schmiegen. Dabei bemerke ich, dass ich mich in Wirklichkeit an Victor reibe. Schließlich gebe ich es auf und seufze. »Ich kann nicht schlafen.«

»Doch, kannst du.«

»Ich will nicht. Wenn ich aufwache, tust du mir wieder weh.«

»Ja. Aber es gefällt dir, wenn ich dir wehtue.«

»Das sollst du nicht wissen.«

»Ist es denn nicht offensichtlich?«

Zähneknirschend versuche ich, ein wenig Wut heraufzubeschwören. Allerdings finde ich nur Erschöpfung. »Du wirst gewinnen. Und das hasse ich.«

»Es gibt keinen Verlierer. Nicht zwischen uns.«

»Fühlt sich aber anders an.« Unmittelbar über mir treibt ein dichter grauer Nebel. Erschöpfung, die bereit ist, mich zu ersticken. Ich halte sie noch ein wenig länger zurück. »Du hast gesagt, du würdest mich brechen. Und jetzt bin ich nicht mehr ich.«

»Wie meinst du das?«

»Ich existiere nicht. Ich muss kämpfen. Wenn ich nicht kämpfe, bin ich nicht lebendig.«

»Jagst du deshalb den Mörder deiner Mutter?«

Ja, aber so habe ich es noch nie betrachtet. Ich habe jenen schweren Verlust nur überstanden, indem ich mich der Vergeltung ihres Tods verschrieben habe. Dieses Ziel hat mich angetrieben. Dadurch hatte ich etwas, wofür es sich zu leben gelohnt hat.

»Du hältst mich für erbärmlich.«

»Nein, meine Lucrezia. Tue ich nicht. Niemals.« Er zieht mich noch fester an sich, verankert mich in der Realität, während seine Wärme mich in den Schlaf zu ziehen droht. »Genug davon. Lass mich dir etwas Echtes erzählen.«

Während ich davontreibe, folgt er mir und erzählt mir die Geschichte eines Jungen, der von klein auf begeistert von Messern war. Er hat über einer Metzgerei gelebt. Seine Mutter hat sich von dem Metzger verletzen lassen, bis der Junge älter wurde und ihn umbrachte. Danach auch jeden anderen, der sie ausnutzen wollte. Und sie lebten glücklich bis an ihr Ende.

⁂

VICTOR

ICH WARTE EINE LANGE WEILE, döse mit Lula in den Armen immer wieder kurz ein. Nach einem REM-Zyklus rutsche ich von ihr weg und achte darauf, sie dabei nicht zu wecken. Allerdings besteht dafür keine Gefahr. Sie schläft tief und fest. Als ich ihre Vitalfunktionen überprüfe, rührt sie sich kaum. Ich schicke eine E-Mail mit den aktuellen Werten an meinen

Arzt, der mich nach Lulas erstem Gastspiel bei mir zusammengeflickt hat. Er berät mich bei dem wechselnden Protokoll aus Schlaf und sexueller Folter, das ich Lula durchlaufen lasse, und hilft mir, ihre Gesundheit im Auge zu behalten.

Mit dem dunklen, über das Kissen verteilten Haar und den schwarzen Wimpern über den sonnengebräunten Wangen sieht sie aus wie ein zur Erde gefallener Engel. Ihre prallen Lippen bilden einen Schmollmund, ihr Gesichtsausdruck ist süßer, als sie es in wachem Zustand zulassen würde. Als ich die Linie ihrer Augenbrauen nachfahre, runzelt sie die Stirn, als wäre sie frustriert von der sanften Berührung.

Ich habe die Heizung höher geregelt, bevor ich mich zu ihr ins Bett gelegt habe. Jetzt senke ich die Temperatur wieder und breite eine Therapiedecke über sie aus, damit sie gut schlafen kann.

Bevor ich gehe, schalte ich die Kamera in der Ecke ein, die ihre Bilder verschlüsselt auf eine private Website überträgt. Der Arzt wird sie überwachen, solange ich weg bin. Und ich kann mich unterwegs einloggen, um nach ihr zu sehen, während sie schläft.

Ich würde zwar gern bleiben, habe aber etwas zu erledigen.

Lulas Angriff auf Stephanos, bei dem sie ihn verwundet hat, liegt drei Monate zurück. Seither ist er so tief untergetaucht, dass nicht mal ich ihn finden kann. Allerdings habe ich mich dabei auch nicht allzu sehr bemüht. Mein Hauptaugenmerk hat Lula gegolten.

Aber da ich sie mittlerweile gesichert habe, ist es an der Zeit, einzutreiben, was mir zusteht.

Meine Kontakte haben die Überreste von Stephanos' Gang in einem geschlossenen, unscheinbaren Restaurant namens *Primo Pizzeria* aufgespürt. Vor zwei Nächten habe ich mir den Schuppen angesehen und dort Kameras platziert, um seine Handlanger in ihrem natürlichen Umfeld zu studieren. Vollständig habe ich das Filmmaterial noch nicht gesichtet, nur ein paar Stunden, um ein Gespür für die Beteiligten, die Hierarchie und die Rollen zu bekommen. Gründlicher mache ich meine Hausaufgaben das nächste Mal, wenn Lula schläft. Für die Arbeit heute Nachmittag jedoch habe ich alles, was ich an Informationen brauche.

Zuerst nähere ich mich der Pizzeria von vorn. Die Fenster und Türen sind mit alten, von der Sonne vergilbten Zeitungen bedeckt. Direkt auf der Schwelle platziere ich eine schwarze Aktentasche, so dünn, dass sie in den Schatten bleibt und bis zum richtigen Zeitpunkt unbemerkt bleiben wird.

Dann kehre ich um und schleiche in die stinkende Gasse daneben, weiche zerknüllten Bierdosen und weggeworfenen Behältnissen für Essen zum Mitnehmen aus. Die Hintertür ist bereits aufgebrochen. Mit einer lautlosen Bewegung bahne ich mir einen Weg hinein.

Schroffe Stimmen hallen durch die menschenleere Küche. Ich versuche nicht, mich zu verbergen, sondern schlendere in den Gastbereich zu den Männern, die auf kreisförmig angeordneten Stühlen lümmeln.

»Guten Morgen«, murmle ich. Sofort reißen vier der Kerle ihre Waffen hoch und richten sie auf mich.

Der fünfte fingert linkisch mit seiner herum und lässt sie fallen. Sie trifft die Spitze seines Tennisschuhs, bevor sie rotierend über den Boden schlittert und nur Zentimeter vor meinem Stiefel zum Liegen kommt. Ich ziehe eine Augenbraue hoch.

»Wer zum Henker bist du?«

Ich breite die Arme aus, um zu zeigen, dass ich keine sichtbaren Waffen halte. »Ein Freund.«

Seelenruhig warte ich, bis der drahtige Lockenkopf in der Mitte seine Zigarette ausspuckt und die Pistole senkt. »He, ich kenne dich. Du bist der Auftragskiller, den Stephanos engagiert hat, um den Anzugträger allezumachen.«

»Richtig. Ihr könnt mich Victor nennen.«

Der Drahtige mustert mich einen Moment lang mit zu Schlitzen verengten Augen, bevor er sich entspannt. »Ich bin Spiro. Das sind Uzi, Kill Zone, Bruiser und Joe.« Er deutet nacheinander auf seine Freunde.

»Ist mir ein Vergnügen.« Alle starren mich unterschiedlich argwöhnisch an. Ich hebe die leeren Hände, um meine Absichten anzuzeigen. »Darf ich?«

Als niemand etwas sagt, bücke ich mich langsam und hebe die Pistole auf. »Kill Zone?« Ich halte sie dem Kerl hin, der sie fallen gelassen hat. Träge blinzelnd nimmt er sie entgegen.

Uzi hat die Waffe immer noch auf mich gerichtet.

»Ich meine, mich zu erinnern, dass ihr bei meinem letzten Mal mehr wart«, sage ich nachdenklich. »Wo ist der gute Mann, der mich von der Hochzeit weggefahren hat?«

»Das war Johnson«, meldet sich Joe zu Wort. Er ist ein massiger, hässlicher Kerl und trägt nur ein weißes, ärmelloses Unterhemd unter einem schlecht sitzenden Jackett. Breit um die Schultern und groß, obwohl er nicht an Uzi heranreicht. »Hat bei der Schießerei im *Cavalli's* 'ne Kugel abbekommen. Du weißt schon, die mit der Braut.« Er ahmt eine Frau nach, die ihren Mantel öffnet. Natürlich spricht er von Lula, und ich muss an mich halten, um ihm nicht ein Messer in die Kehle zu schleudern.

Als ich die Geschichte von der nackten Frau, die bei *Cavalli's* reinmarschiert ist und drauflosgeschossen hat, zum ersten Mal gehört habe, haben mich Stolz und Wut gleichzeitig erfüllt. Wut darüber, dass sie so unbesonnen war. Stolz auf ihren Mut. Sie ist so nah daran vorbeigeschrammt, das Leben zu verlieren, bevor ich sie mir holen konnte.

Nach einer weiteren Runde mit dem Drachenschwanz hat sie das vielleicht abgebüßt.

»Die Frau, die Stephanos angeschossen hat?«, frage ich, als wüsste ich es nicht genau.

»Ja.«

»Wisst ihr, wer sie war?«

»Irgendeine Nutte, mit der Stephanos was Versautes angestellt hat«, kommt von Spiro. »Das hab ich gehört. Johnson ist nach der eingefangenen Kugel zurück zu seinen Leuten in Chicago.«

»Und was ist mit Bruno?«, erkundige ich mich nach Stephanos' rechter Hand.

»Bruno ist loyal«, erklärt Spiro. Der Rest der Gang nickt dazu. Mittlerweile wirken sie ruhiger, erwärmen sich für mich. Mit jedem verstreichenden Augenblick lässt Uzi die Mündung der Waffe einen weiteren Zentimeter sinken.

»Ich muss mit Stephanos reden«, verkünde ich.

Mit einem Ruck hebt Uzi die Pistole wieder an.

Nach einem Blick in die Runde ergreift Spiro das Wort. »Wir haben ihn seit zehn oder zwölf Wochen nicht mehr gesehen.«

»So lange? Wer bezahlt euch?«

»Wir haben Jobs.«

»Ich weiß, dass ihr viel zu tun habt«, lasse ich sie ihre Würde bewahren. Allerdings hat ein kurzes Überfliegen des Videomaterials gezeigt, dass sie in Wirklichkeit herumlungern und Pizzabrötchen in sich reinstopfen, die Spiro beim Diskonter holt und in der Mikrowelle des Restaurants aufwärmt. Es wurde davon geredet, unbewacht an den Docks zurückgelassene Ausrüstung zu verlagern, doch als

Spiro der Sache nachging, war das Zeug schon weg. »Ich bin bereit, für eure Zeit zu bezahlen. Draußen vor der Eingangstür steht eine Aktentasche. Verschlossen, aber der Code ist das heutige Datum.«

Spiro deutet mit dem Kopf auf Joe. Prompt hievt sich der große Kerl auf die Beine und latscht schwerfällig los. Staubwolken steigen auf, als er die Tür öffnet. Nachdem er nach links und rechts geschaut hat, holt er die Aktentasche herein.

»Nicht aufmachen«, meldet sich Uzi zu Wort. Seine Stimme ist höher, als man es bei einem erwachsenen Mann erwarten würde. »Könnte 'ne Bombe sein.«

»Dann würde er sich selbst mit in die Luft jagen, du Schwachkopf«, entgegnet Spiro. »Das heutige Datum, sagst du?«

Als ich nicke, gibt Spiro den Code ein. Langsam öffnet er die Tasche, und die Männer erstarren. Man hätte meinen können, ich hätte ihnen wirklich eine Bombe untergejubelt statt einer Tasche voller unmarkierter Scheine.

»Was zum Teufel ist das?« Spiro knurrt.

»Die Hälfte vom Vorschuss, den Stephanos mir für die Sache bei der Hochzeit bezahlt hat. Könnt ihr unter euch aufteilen.«

Joe kratzt sich am Kinn. »Wo ist der Haken?«

»Ich will die Restzahlung. Die habe ich nie bekommen. Also muss ich mit Stephanos reden, und dafür brauche ich eure Hilfe.«

»Nein«, platzt Bruiser hervor, aber Spiro stößt ihm den Ellbogen in die Brust.

»Halt die Klappe.« Spiro holt ein Bündel heraus, streicht mit dem Daumen über den Rand und zählt. »Was springt für uns dabei raus, wenn wir für dich den Kontakt zu Stephanos herstellen?«

»Noch eine Aktentasche mit unmarkierten Scheinen.«

»Was für ein scheiß Schwachsinn«, raunt Bruiser. Der Blick seiner verschlagenen Augen schnellt zu den Ausgängen. »Uzi, leg ihn um.«

Uzi glotzt auf das Geld.

»Scheiß drauf«, brummt Bruiser. »Mach ich's eben selbst.« Er hebt die Waffe an, bevor er entsetzt auf das aus seiner Hand ragende Messer starrt. Fassungslos blinzelnd glotzt er darauf, bis die Schmerzen einsetzen.

»Scheiße! Meine Hand!« Er schwenkt sie wild herum, bespritzt alle mit seinem Blut.

»Halt's Maul!« Spiro schließt schnell die Aktentasche, um das Geld zu schützen. »Joe ...«

Joe tritt vor und schlägt Bruiser ansatzlos nieder. Der Getroffene bricht auf den verdreckten Boden zusammen. Mit einem Blutschwall rutscht das Messer aus seiner Hand und landet klappernd zu Joes Füßen.

Alle erstarren.

Langsam bückt sich Joe und hebt mein Messer auf. Schlurfend nähert er sich und hält es mir verhalten entgegen. »Konnte ihn noch nie leiden«, sagt er über den armen Bruiser, der unverändert auf dem Boden stöhnt.

Mit einem Nicken nehme ich mein Messer zurück. Die Anspannung im Raum lässt eine Spur nach.

Spiro drückt sich die Aktentasche an die Brust. »Wir reden mit ihm«, verkündete er und deutet mit dem Kopf auf Bruiser. »Erklären ihm alles.«

»Unter dem Geld ist ein Wegwerfhandy«, fahre ich fort, als wären wir nicht unterbrochen worden. »Ich rufe in zwei Tagen an.«

»Und wenn wir nicht liefern?«, fragt Spiro, immer noch misstrauisch. Ich spüre, wie die Blicke der Männer über mich kriechen, als sie sich zusammenzureimen versuchen, wo ich meine Messer verstecke. Sie fragen sich, wie viele ich bei mir habe und wie schnell ich sie ziehen und werfen könnte.

Ich zucke mit den Schultern. »Dann könnt ihr das Geld behalten. Und ich finde einen anderen Weg. Aber ich habe vor, in der Stadt zu bleiben, und zu Freunden bin ich großzügig.« Ich schenke allen ein breites, freundliches Lächeln. Aus irgendeinem Grund scheint es sie in keinster Weise zu beruhigen. »Und es könnte gut sein, zu meinen Freunden zu zählen. Findet ihr nicht?«

12

Victor

»Er ist ein verdammter Irrer. Ich bin dafür, mit dem Geld zu verduften.« Das kommt von Kill Zone. Er läuft auf und ab, fuchtelt mit den Händen. »Habt ihr sein Lächeln gesehen? So hat er auch gelächelt, als er den Erbsenzähler bei der Hochzeit kaltgemacht hat. Das hat mir mein Cousin erzählt. Zack. Tot.«

Uzi hockt in einer Ecke und drückt seine Knarre wie einen Teddybären an sich.

Von Bruiser ist weit und breit nichts zu sehen.

Spiro hat die Aktentasche offen auf einen Tisch gelegt und zählt die Bündel. »Er hätte Bruiser auch killen können. Hat er aber nicht.«

»Er hätte *uns alle* killen können«, murmelt Joe, der an der Tür Schmiere steht.

Ich lehne mich auf dem Stuhl zurück und beobachte die

verschwommenen Gestalten der Typen auf dem Bildschirm. Durch die verzögerte Übertragung wirken sie wie Marionetten, die sich ruckartig bewegen. Die Bildqualität ist schlecht, aber der Ton dringt klar und deutlich zu mir durch.

»Es ist alles da.« Spiro erschlafft auf dem Sitz. »Die Hälfte vom Vorschuss, den Stephanos ihm gegeben hat. Er hat nicht gelogen.«

Das bringt sie alle ins Grübeln. Bargeldbündel sprechen lauter als Worte.

Ich schalte die Übertragung stumm und beobachte sie beim Überlegen. Ihr Spektrum reicht von Angst bis Ehrfurcht mit ein wenig eingestreuter Neugier. Ein paar entscheiden sich vielleicht für Schadensbegrenzung, sacken ihren Anteil ein und verlassen die Stadt. Aber ich würde wetten, dass eine Kerngruppe bleiben wird. Ihr Anführer Spiro hat in der Gegend eine betagte Mutter. Deswegen würde er schon mal zögern, woanders hinzuziehen. Er kann Stephanos kontaktieren. Und wenn er die Aktentasche überallhin mitnimmt, kann ich sie orten.

Das ist nur eine Ranke, ein seidener Faden, den ich in mein Spinnennetz eingewoben habe. Zu gegebener Zeit werde ich Stephanos dort in der Falle haben, wo ich ihn haben will. Nicht heute. Aber bald.

Und in der Zwischenzeit habe ich süßere Gesellschaft.

Rechts von mir zeigt ein kleinerer Bildschirm das Zimmer mit dem extra-großen Bett, wo ich Lula zurückgelassen habe. Der Arzt hat mir berichtet, dass sie die ganze Zeit geschlafen hat. Die Augen sind immer noch geschlossen, aber sie ist mittlerweile unruhiger. Ihre Finger und Zehen zucken. Ich stehe auf und verlasse den Computerraum mit seinen Monitoren. Mir bleiben nur wenige Minuten, um mich vorzubereiten.

Mein wunderschöne Gefangene wird gleich aufwachen.

· · ·

L ULA

BLINZELND ÖFFNE ich die Augen und fühle mich, als säße ein Elefant auf mir. Eine schwere Decke liegt auf meiner unteren Körperhälfte. Als ich sie von mir strample, kann ich vernünftig atmen, aber meine Glieder bleiben bleiern von der Trägheit, die auf langen, durchgehenden Schlaf folgt. Ich bin in einem großen Himmelbett in einem schlichten, düsteren Raum. Es besteht keine Möglichkeit, abzuschätzen, wie spät es ist. Mein Gefängnis ist nicht das schlimmste Höllenloch, das ich mir vorstellen kann, aber dass es nirgendwo Uhren oder Tageslicht gibt, treibt mich in den Wahnsinn. In diesem erdrückenden, fensterlosen Umfeld ohne jedes Gespür für Tag und Nacht fühle ich mich verloren. Als triebe ich in einem zeitlosen Raum ohne Richtung, ohne Möglichkeit, unten von oben zu unterscheiden.

Die einzige Konstante ist mein nackter Körper. Und Victor. Ich hasse es, dass meine Gedanken jedes Mal sofort und ständig um ihn kreisen. Noch mehr hasse ich, wie mein Körper darauf anspricht.

Ich verbringe ein paar Minuten damit, mir vorzustellen, ihn endgültig zu erschießen. Seine Augenbrauen sind dunkler als sein silbrig-goldenes Haar, eine Schattierung von Honig. Eine Kugel genau zwischen sie würde ihn auf der Stelle töten. Dann jedoch spüre ich das Gewirr der Emotionen, als ich in Gedanken beobachte, wie das Licht aus seinen eisblauen Augen entschwindet.

Plötzlich empfinde ich das Bett als zu weich und beengt, um auch nur eine Sekunde länger darin bleiben zu können. Als ich mich strecke, klirrt Metall. Mein rechtes Handgelenk ist an das Kopfteil gekettet. Abgesehen davon jedoch bin ich frei.

Ich bin frei!

Prompt schwinge ich mich aus dem Bett und stütze mich am schweren Holzpfosten ab. Zähneknirschend zerre ich meine Hand gegen den Bügel der Handschelle. Mit ausreichendem Druck auf das Gelenk springt der Daumen aus der Pfanne, und ich kann ihn hindurchzwängen. Feuer rast durch das misshandelte Glied. Nur mit einem schweren Schlucken gelingt es mir, einen Aufschrei zu unterdrücken, aber sobald ich den Daumen aus der Fessel bekommen haben, folgen die restlichen Finger mühelos. Zitternd, schwitzend und vor Schmerz japsend presse ich mir die heftig pochende Hand an die Brust und steuere auf die Tür zu.

Sie ist nicht verriegelt. Mit angehaltenem Atem drehe ich langsam den Knauf, um kein Geräusch zu verursachen. Der Raum hinter der Tür erweist sich als kleinere Version von Victors Penthouse. In der Küche sticht eine riesige Insel mit Quarzplatten hervor. Vier mit schwarzem Leder bezogene Hocker sind darunter geschoben. Der restliche Bereich ist eher kahl, nur mit einem dicken Plüschteppich und einem tiefschwarzen Ledersessel ausgestattet. Massive, zweckdienlich aussehende Türen säumen die Wände. Wahrscheinlich verriegelt. Einer davon könnte zu dem großen Raum führen, in dem Victor mich sonst festhält. Selbst wenn dahinter ein Fluchtweg läge, könnte ich mich nicht dazu durchringen, diese verliesartige Folterkammer noch einmal zu betreten.

Hinter der ersten Tür, die ich öffne, befindet sich ein kleines Badezimmer. Meine Blase brüllt mich zwar an, aber ich ignoriere sie. Die nächste Tür ist verriegelt. Die neben der Küche führt zu einem dunklen Gang. Im Nu renne ich ihn entlang. In der Düsternis taste ich mich mit der heilen Hand die Wände entlang und entdeckte eine Tür nach der anderen, alle abgesperrt.

Als er aus den Schatten auftaucht, leuchtet sein silbriggoldenes Haar aus der Dunkelheit hervor. »Lula.«

Ich kreische, als er mich packt und in die Richtung zurückschleift, aus der ich gekommen bin. Vielleicht zurück in das Verlies ...

Ich trete aus. Er ächzt, dann hebt er mich hoch. Wie ein wildes Tier schlage ich fuchtelnd um mich, bin bereit, alles zu tun, um ihm zu entkommen. Ich kann nicht zurück in das Verlies, ich kann einfach nicht ...

Er zieht mich auf den Teppich. Dann landet sein Gewicht auf mir. Ein Stück entfernt schwingt die offene Tür zum Gang zu. Das Klicken, als sie einrastet, hört sich wie das Herabfallen der Klinge einer Guillotine an, die mich von aller Hoffnung abschneidet.

»Nein«, stoße ich knurrend hervor.

»Lula«, murmelt er mir ins Ohr. »Du kannst nicht wirklich gedacht haben, dass es so einfach sein würde.«

Ich zucke von ihm weg, aber er hält mich fest. Als ich versuche, die Arme zu befreien, stoße ich mir den ausgekugelten Daumen, und mein gesamter Körper versteift sich vor Qualen.

Ich schreie auf, und er rollt mich auf den Rücken. Seine Hüften auf meinen drücken mich gegen den Boden.

»Ach, *krasiva*, was hast du dir nur angetan?« Er fixiert mich und greift nach meiner Hand.

Einarmig und atemlos versuche ich, mich zu wehren, doch ich kann mich nicht rühren.

»Sch-sch, mein Schatz. Ich tue dir nicht weh.« Er verlagert das Gewicht so, dass er mich nicht mehr erdrückt.

Wimmernd lasse ich ihn meine Hand untersuchen.

»Korrektur. Das wird jetzt kurz wehtun.« Er sieht mir fragend in die Augen, bis ich nicke, bevor er meinen Daumen zurück an seinen angestammten Platz drückt. Mein gesamter Körper krampft sich brüllend zusammen, dann erschlaffe ich keuchend.

Er zieht mich auf seinen Schoß, und liege ich an seine Brust gedrückt da, während der Schweiß an meinem Rücken trocknet und langsam das Gefühl einer Leere die Schmerzen verdrängt. Der Kampfgeist ist aus mir abgeflossen ... Vorerst.

Nach einigen Minuten gleicht sich meine Atmung seiner an.

»Ich muss auf die Toilette«, sage ich leise zu ihm. Mühelos steht er auf, ohne mich loszulassen, und trägt mich ins Badezimmer. Einen Moment lang fürchte ich, dass er in dem kleinen Raum bei mir bleiben will. Aber er stellt mich ab, wartet, bis ich nicht mehr auf den Beinen schwanke, und verlässt mich dann mit einem flüchtigen Kuss auf die Stirn. Ich sinke auf die Toilettenschüssel und empfinde dabei jämmerliche Dankbarkeit.

Eine lange Weile verharre ich, kämme mir mit den Fingern das Haar, reibe mir mit einer Hand das Gesicht und schelte mich dabei unablässig. *Er ist der Feind. Der schlimmste, den man sich vorstellen kann.*

Aber als ich den Raum vorsichtig verlasse, halte ich unwillkürlich Ausschau nach ihm. Und als ich ihn barfuß und breitschultrig im Küchenbereich stehen sehe, flattert mein Herz.

»Hallo, Schönheit.« Um seine Augen bilden sich feine Fältchen, als er lächelt. Während er hinter der Insel steht und sich um irgendetwas auf dem Herd kümmert, gleicht er dem Inbegriff häuslicher Idylle. Ein fester Freund, der mich zu Hause willkommen heißt.

Ich habe nie einen festen Freund gehabt. Und selbst wenn, wäre er kein Dressman wie Victor gewesen. Ein Gefühl von Befriedigung breitet sich durch mich aus – Freude darüber, dass dieses wunderschöne Geschöpf – zumindest vorübergehend – mir gehört.

Was absurd ist. Ich bin seine Gefangene. Das muss ich mir vor Augen halten und mich wehren.

Als mich das Aroma von sautierten Zwiebeln erreicht, zieht sich mein Magen zusammen.

Victor winkt mich vorwärts. Ich stocke bei seinem dämlichen Handzeichen. Er scheint es jedoch nicht zu bemerken, ist zu beschäftigt damit, auf einem Teller etwas anzurichten, das mir das Wasser im Mund zusammenlaufen lässt. Dann schiebt er den Teller zu einem Gedeck auf der anderen Seite der Kücheninsel. »Du musst hungrig sein.«

Ein Omelett. Er hat ein Omelett für mich gemacht, bestreut mit fein gehacktem Schnittlauch. Und verdammt, es sieht aus wie ein Foto in einer Kochzeitschrift.

Ich durchquere den Raum, spüre tief im Bauch, wie es mich zu ihm hinzieht.

In dieser Alltagsumgebung nehme ich umso bewusster wahr, dass ich splitternackt bin. Wieder bin ich unbekleidet, während er angezogen ist, und der krasse Gegensatz löst ein Pulsieren in meinem Innersten aus. Als ich mich auf dem Hocker niederlasse, breitet sich durch das Gefühl des kühlen Leders eine Gänsehaut über meinen Körper aus.

»Kalt?«, fragt er, und ich nicke.

Er knöpft das schwarze Hemd auf, kommt um die Insel herum und hilft mir hinein. Es ist mir etliche Nummern zu groß und reicht mir wie ein Hemdkleid über die Oberschenkel. Er muss die Ärmel hochkrempeln, damit ich essen kann. Mein Herz hämmert dabei glücklich im Brustkorb. Mit geschürzten Lippen hantiert er am Stoff herum. Seine geschickten Finger zupfen die schwarze Seide zurecht und falten sie.

Als er zum Herd zurückkehrt und mich in dem weichen, nach ihm duftenden, noch von ihm warmen Hemd zurücklässt, ist mir zum Weinen zumute.

Ich starre auf die Knöpfe hinab. Plötzlich begreife ich. So will er mich brechen. Nicht durch Grausamkeit. Durch Freundlichkeit.

Mit nacktem Oberkörper kocht Victor seine eigene Mahlzeit zu Ende. Bei jeder gemächlichen Bewegung kann ich das Spiel der Muskeln seines Rückens und seiner Schultern bewundern. »Du isst ja gar nicht«, stellt er mit stirnrunzelnder Miene fest, und mein Herz setzt einen Schlag aus. Wird er mich dafür bestrafen? Mich zurück in den Käfig schleifen?

Ich spähe zu der schweren Tür, die zum Flur führt. Wenn ich es nur nach draußen geschafft hätte.

»Lula. Du musst essen.«

»Oder was?«, frage ich mit verkrampftem Magen. »Tust du mir sonst weh?«

Er stützt die Ellbogen zu beiden Seiten seines Tellers auf den weißen Quarz und beugt sich vor. »Nein. Ich werde dir nicht mehr wehtun, bis du mich darum anbettelst.«

Scharf atmete ich ein. Vom Duft des Essens fühle ich mich so schwach, dass ich vom Hocker zu rutschen drohe, doch jede Zelle in mir will kämpfen. »Bist du wahnsinnig?«

»Wahrscheinlich.« Er ergreift die Gabel und sticht damit in seine Eier. »Die offizielle Diagnose lautet dissoziale Persönlichkeitsstörung.«

»Ich werde dich nicht anbetteln.«

Er lächelt in Richtung seines Tellers.

»Ich werde weiterhin gegen dich ankämpfen«, sage ich, probiere die Worte aus.

Okay, zeigt er mir an. »Anders würde ich es auch nicht wollen.«

Ich mache mich über das Omelett her.

Es schmeckt verdammt köstlich.

Victor wird vor mir fertig. Ich lasse mir Zeit, genieße jeden buttrigen Bissen und hoffe, hinauszuzögern, was auch immer mir als Nächstes blüht, indem ich die Mahlzeit so lang wie möglich hinziehe.

Er beobachtet mich mit einem unterschwelligen Lächeln, als wüsste er genau, was ich vorhabe, und fände es amüsant.

»Wie lange habe ich geschlafen?«, frage ich, weniger in der Hoffnung, eine Antwort zu bekommen, eher, um mehr Zeit zum Essen herauszuschinden.

»Lang genug. Ich wäre ja bei dir geblieben, aber ich hatte etwas zu erledigen.«

Mit der Gabel steche ich ein Stück Omelett zu einem perfekten goldenen Quadrat. »Und was?«

»Stephanos aufspüren.« Er spricht es vollkommen gelassen aus, als hätte er nicht gerade eine scharfe Granate ins Gespräch geworfen.

»Warum?«

»Er schuldet mir etwas. Die Abschlusszahlung für den letzten Auftrag.«

»David«, sage ich, und er nickt.

»Die erste Hälfte hat er prompt bezahlt. Aber bevor ich die zweite Hälfte eintreiben konnte, bin ich außer Gefecht gesetzt worden.«

Weil ich auf ihn geschossen habe. »Schade«, meinte ich und verzog dabei keine Miene.

»Richtig.« Er räumt seinen Teller ab und wäscht ihn sofort. Ich würde ein paar Sekunden dafür brauchen, um die Insel herumzurennen und ihm die Gabel in die Niere zu rammen. Und ich bezweifle, dass er abgelenkt genug ist, um es zuzulassen. Außerdem empfinde ich seinen blassen, muskulösen, breiten Rücken als so schönen Anblick. Und ich will weiteressen.

»Stephanos ist untergetaucht«, teilt Victor mir mit, während er den Kochbereich aufräumt.

»Ich weiß.« Unwillkürlich knirsche ich mit den Zähnen.

»Aber ich habe heute mehrere Mitglieder seiner Gang gefunden und mit ihnen geredet. Auf die eine oder andere Weise werden sie mich zu ihm führen.«

Als sich Victor am Spülbecken umdreht, umklammere ich die Gabel wie eine Waffe.

»Lula, atme.«

»Was hast du vor, wenn du ihn findest?«

»Ich hole mir, was er mir schuldet. Auf die eine oder andere Weise.«

»Wirst du ihn umbringen?«

»Willst du das?« Er sieht mir unverwandt in die Augen. Es ist eine ernst gemeinte Frage.

»Nein. Ich kann mir deine Dienste nicht leisten. Meine Brieftasche ist in der anderen Hose.«

Er verzieht keine Miene über meinen kleinen Scherz. Was in Ordnung ist. Mir ist auch nicht zum Lachen zumute.

Der Appetit ist mir zwar vergangen, trotzdem stochere ich weiter in meinem Essen, bin noch nicht bereit, die Mahlzeit zu beenden. »Wie viele Menschen hast du schon umgebracht?«

Victor legt den Kopf schief, als würde er rechnen. »Männer und Frauen?«

Mir kommt ein grässlicher Gedanke. »Tötest du auch Kinder?« Plötzlich habe ich einen metallischen Geschmack im Mund.

»Nein. Niemanden unter zweiundzwanzig Jahren. Aufträge über Kinder sind selten. Außer, es sind Erben.«

Ich verspüre eine Prise Erleichterung. Der Psychopath hat Regeln.

Er ist trotzdem ein Monster, tadle ich mich. Ich will nicht an die düstere Welt denken, in der Victor lebt – aber ich kann nicht anders. »Was du mir gestern Nacht erzählt hast, die Geschichte von dem kleinen Jungen. War irgendetwas davon wahr?«

»Zwischen uns gibt es keine Lügen.« Er beugt sich über die Kücheninsel. Die geringe Bewegung genügt, um mir seinen winterfrischen Duft zuzuwehen.

»Warum?«

»Du weißt, warum.«

Ich will dagegen protestieren. Aber er starrt mich mit einem Blick an, scharf genug, um mich damit zu sezieren. Unwillkürlich schaue ich weg.

»Alles, was ich dir erzählt habe, ist wahr. Meine Mutter hat für Geld mit Männern geschlafen. Sie hat ihr Bestes getan, um zu überleben. Ein Metzger hat uns bei sich aufgenommen, uns Essen und eine Unterkunft gegeben. Als Gegenleistung hat meine Mutter gemacht, was auch immer er wollte, und ich habe im Laden für ihn gearbeitet. Er hat mir alles beigebracht, was ich weiß.« Victor lehnt sich gegen die Arbeitsplatte der Insel, umklammert deren Rand. Es sieht ungezwungen aus, aber seine Knöchel treten beinah so weiß wie der Quarz hervor. »Eines Nachts hat er meine Mutter geschlagen, und ich habe ihn umgebracht. Ich habe sein Lieblingsmesser benutzt, um ihn in Scheibchen zu schneiden. Eine Art Abschlussprüfung.«

Ich schlucke. »Wie alt warst du damals?«

»Dreizehn.«

Ich blinzle heftig. Mein Herz blutet für den flachsblonden Jungen von früher. »Und deine Mutter?«

»Tot. Weißt du, ich musste flüchten und sie sich verstecken. Sie hat einen anderen Kerl gefunden. Aber er hat sie auch geschlagen, und es hat tödlich geendet. Ihn habe ich ebenfalls umgebracht.«

»Mein Gott.«

»Es gibt keinen Gott.« Er kommt um die Insel herum, ragt über mir auf. Vor mir sehe ich die Wunde in seinem Bauch. Die Einschussstelle zeichnet sich als halb verheiltes Rosa ab. Als er den Kopf neigt, fallen Schatten in die Vertiefungen unter seinen Wangenknochen. »Bist du fertig?«

Ja. Bitte lass uns das Thema wechseln. Ich lehne mich zurück, lasse ihn meinen Teller nehmen – und öffne damit Tür und Tor für eine neue Gefahr. Meine Haut kribbelt, als er sich über mich hinwegstreckt. In diesem Umfeld ist es allzu leicht, ihn mir als Freund oder Lover vorzustellen. An sich halte ich nicht viel vom Umarmen. Aber bei all den wunderschönen, geradezu gottähnlich perfekten Muskeln so dicht vor mir ... Am liebsten würde ich ihn unter dem Vorwand, Trost zu brauchen, an mich ziehen. Den Kopf an seine Brust betten. Mit den Händen über seinen starken Rücken streichen. Tief in mir sitzt eine schmerzliche Sehnsucht, die sich nur lindern lässt, wenn ich ihn berühre. Er ist mir so nah, dass ich mich nur einen Zentimeter bewegen müsste ...

Stattdessen schlucke ich schwer und neige mich bewusst von ihm weg.

Ich kann ein verhaltenes Lachen in ihm spüren, als er den Teller wegträgt.

»Ist das irgendein Plan, um mich dazu zu bringen, etwas für dich zu empfinden?«, frage ich mürrisch. »Um Mitgefühl in mir zu wecken, damit ich glaube, wir wären auf derselben Seite?«

»Wir sind auf derselben Seite.«

Mittlerweile steht er wieder mit dem Rücken zu mir am Spülbecken. Ich schüttle den Kopf. »Ich rede von psychologischer Konditionierung.«

»Stockholm-Syndrom?«

»Ja. Nur hat das Stockholm-Syndrom ein mit der Polizei sympathisierender Psychologe entwickelt, um eine Zeugenaussage zu entkräften. Die Aussage einer Frau. Dabei ist wahrscheinlicher, dass sie echtes Mitgefühl für ihre Entführer hatte.«

»Du musst es ja wissen.« Hinter seinem nüchternen Ton verbirgt sich ein Lächeln.

»Halt die Klappe.«

Als er mit dem Geschirr fertig ist, kehrt er zu mir zurück. Ich rutsche vom Hocker. Zwar will ich nicht zu nervös wirken, aber ich brauche irgendetwas Physisches zwischen uns. Unwillkürlich ballen sich meine Hände an den Seiten zu Fäusten. Mit einer Willensanstrengung zwinge ich mich, nicht wegzurennen. Und nicht in Richtung der Tür zum Verlies zu schauen.

»Was jetzt?«, fragte ich schließlich, um nicht laut aufschreien zu müssen.

»Wir trainieren weiter.« Bevor ich in die entgegengesetzte Richtung die Flucht ergreifen kann, fügt er hinzu: »Aber nicht auf die Art.« Er schnippt mit den Fingern, und in seiner zuvor leeren Hand schimmert eine funkelnde Klinge. »Ich bringe dir bei, wie man ein Messer wirft.«

13

Victor

SIE ZIEHT die dunklen Brauen zusammen. »Ist das dein Ernst?«

»Tauschen wir.« Ich biete ihr das Messer mit dem Griff voraus an. Es ist eine meiner Lieblingswaffen, ein Kampfmesser mit fester Klinge. Sowohl der Griff als auch das Metall sind regenwolkengrau.

Sie starrt darauf. »Echt jetzt?«

»Ein Tausch.« Ich zeige auf ihre rechte Hand und gebe ihr das Zeichen für *Komm her*. »Die Gabel, Lula.«

Sie legt die Gabel auf die Insel und greift nach dem Messer. Jede Bewegung vermittelt, dass sie nicht glauben kann, was vor sich geht. Sie rechnet mit einem Köder, einer Falle.

Es wird eine Weile dauern, aber irgendwann wird sie

erkennen, dass ich es ehrlich mit ihr meine und ihr Vertrauen verdiene.

Unwillkürlich lässt sie ein Anzeichen dafür aufblitzen, als sie die Hand um den Griff des Messers legt. Ihre gesamte Haltung entspannt sich. Diese Frau wurde dafür geboren, eine Waffe zu halten.

»Du willst es mir wirklich beibringen?«

»Ja.«

»Und wenn ich dich angreife?«

Ich zucke mit den Schultern. »Dann lernst du umso schneller.« Ich warte, lasse sie eine Entscheidung treffen. Falls sie sich auf mich stürzt, kann ich sie überwältigen. Falls sie flüchtet, könnte es schwierig werden, sie zu erwischen. Ungeschult ist sie mehr eine Gefahr für sich selbst als für mich.

»Was, wenn ich es nicht lernen will?«

»Es gibt auch andere Möglichkeiten zum Zeitvertreib.«

Sie schnalzt mit der Zunge, und da weiß ich, dass ich sie habe. Jetzt will sie wissen, was als Nächstes passiert. In einer Welt voller langweiliger Augenblicke und noch langweiliger Menschen ist Neugier unsere größte Schwäche.

Komm her, bedeute ich ihr. »Zum Trainingsbereich geht's hier lang.«

»So?« Sie deutet auf ihre nackten Beine. In meinem Hemd sieht sie fantastisch aus. Die Zipfel bedecken nur knapp ihren weichen Hintern und die den Ansatz der Oberschenkel.

»Wenn du brav bist, gebe ich dir mehr zum Anziehen.«

Sie schnaubt höhnisch und wirft sich das Haar über die Schulter zurück.

Als ich sie zur Tür zum Flur führe, stockt ihr der Atem. Der Gang ist lang und düster, gesäumt von verriegelten Türen. Ich kann fühlen, wie sie ihre Fluchtchancen abwägt.

»Ich dachte, du bringst mich zurück ins Verlies.«

»Kein Verlies mehr.« Ich betone die Aussage mit dem Zeichen für *Nein*. »Du hast dir eine Belohnung verdient. Eine neue Unterkunft.« Ich breite die Hände aus. »Und deinen eigenen Koch.«

Sie verengt die Augen zu Schlitzen. Dabei umklammert sie das Messer so fest, dass ihre Knöchel weiß hervortreten.

Ich recke das Kinn vor. »Wirf es auf mich.« *Komm her*, deuten meine Finger.

Sie schaut erschrocken drein. Ich breite die Arme aus, biete ihr ein größeres Ziel. Ihr Blick heftet sich auf die Erhebungen und Konturen meiner Brust. Ihre Atmung beschleunigt sich. Stellt sie sich gerade vor, es mit mir zu treiben oder mich umzubringen?

Wahrscheinlich beides. Sie ist der wohl einzige Mensch auf der Welt, der mich gleichermaßen erfreuen und verletzen will.

Mir geht es mit ihr genauso.

Eine Minute zieht sich hin. »Lass mich sehen, wie du wirfst.«

Sie umfasst das Messer noch fester. Offenbar will sie es auf keinen Fall verlieren.

»Kein Übungskampf?«

»Das möchte ich mit dir lieber nicht riskieren.«

»Weil ich eine Frau bin?«

»Es kann Vorteile haben, kleiner und leichter zu sein. Aber nur, wenn man auch schneller ist.«

Sie grinst. »Ich bin nur dann schnell, wenn ich Gebäck esse.«

Als ich sie gerade erneut auffordern will, holt sie abrupt mit dem Arm aus und schleudert das Messer in meine Richtung.

Mühelos fange ich es ab. Es war ein schlampiger,

abwärts geneigter Wurf. Mit der Rechten jongliere ich einhändig damit und verfehle es kein einziges Mal. Mit der freien Hand greife ich nach einem Bedienfeld an der Wand und drücke ein paar Knöpfe. Am Ende des Gangs zieht sich eine Deckenplatte zurück, und eine große Zielscheibe aus Holz senkt sich herab. Ich trete näher hin und zeige ihr, wo sie stehen soll. Nach kurzem Zögern folgt sie mir und gehorcht.

»Stell dich hierher. So.« Ich gehe die Schritte mit ihr durch, fahre mit den Händen ihre Beine hinab, bringe sie in die richtige Haltung, neige ihre Hüften in Position. Dann ziehe ich ihr Haar zurück und drücke ihr einen Kuss auf die Schulter. Obwohl sie ein wohliger Schauder durchläuft, schleudert sie mir einen Blick zu, bei dem ich froh bin, dass ich gerade das Messer habe.

Schließlich stelle ich mich hinter sie und presse mich an ihren Rücken, als ich ihren Arm mit meinem bewege, um ihr die richtige Wurftechnik zu zeigen. Da sie nackt ist, befindet sich zwischen ihrem kurvigen Hintern und meinem Schritt nur der dünne Stoff meiner Hose. Je mehr wir uns zusammen bewegen, desto ungleichmäßiger wird ihre Atmung. Sie bemüht sich, es zu verbergen, aber ich kenne sie. Ich kenne jedes Heben und Senken ihrer herrlichen Brüste. Und die Furche in ihrer Stirn, als sie versucht, den Wurfablauf zu meistern.

Meine pulsierende Erektion drückt gegen ihr Kreuz. Ich genehmige mir einen Moment und vergrabe das Gesicht in ihrem Haar, um ihren Duft zu inhalieren.

Angespannt wartet sie, bis ich mich an ihr satt gerochen habe.

»Warum machst du das?«

»Mit einer Schusswaffe zu töten, ist einfach. Aber mit einem Messer ...« Ich drehe den Dolch so, dass der Griff an meinen Lippen anliegt und sich die Spitze in meine Handfläche bohrt. »Mit einem Messer ist es wesentlich ... befriedigender.«

Sie schüttelt leicht den Kopf. Ihr Haar fällt dadurch an meine Schulter. »Psycho.«

»Nein, bei Psycho geht es so.« Ich ahme die von Norman Bates benutzte Stechbewegung von oben nach.

»Ha. Ha.«

Ich fange ihre Hand ab, drücke das Messer hinein und setze meine Anweisung fort. »Also.« Ich schüttle ihren Arm, bis er locker und geschmeidig ist, dann begleite ich sie durch einen Wurf. »Ganz durchziehen. Als würdest du jemanden aufschlitzen.« Das Messer trifft das Ziel, aber die Spitze bohrt sich nicht hinein. Klappernd landet es auf dem Boden.

»Noch mal.« Ich zeichne mit dem Zeigefinger einen Kreis in die Luft, bevor ich ihr einen Klaps auf den Hintern versetze. Sie setzt sich den Gang hinunter in Bewegung, um die Waffe zu holen. Beim Anblick ihrer wogenden Hüften vor mir verstärkt sich das Ziehen in meiner Leistengegend. Ihr nackter Körper gleicht einem wunderschönen Kunstwerk, allerdings sind die Male von der letzten Session bereits verblasst. Dagegen werde ich später etwas unternehmen müssen.

Ich lasse sie wieder und wieder werfen, dränge sie durch den Bewegungsablauf, bis ihr rechter Arm nicht mehr mitspielt. Dann bringe ich es ihr mit der linken Hand bei. Ihre Brust hebt und senkt sich heftig, ihre goldene Haut weist von der Anstrengung einen Schweißfilm auf.

Endlich bleibt das Messer stecken, weil es genau in eine Fuge einschlägt. Ich gehe es holen und berühre die auf der anderen Seite herausragende Spitze. »Es ist durchgegangen. Gut gemacht, Lula.«

Sie kommt her, um es sich selbst anzusehen. Obwohl sie schwer atmet, strahlt sie, und in ihren Augen schimmert Triumph.

»Ich hab's geschafft.«

»Das hast du.« Ich zeige ihr das Zeichen für *Braves Mädchen*. Diesmal schaut sie darüber nicht wie sonst verdrossen drein.

Sie arbeitet das Messer heraus. Dabei trete ich hinter sie, streiche mit der Handfläche über ihren Bauch und küsste ihre Schulter. »Das hast du gut gemacht.« Ich tauche mit der Hand zwischen ihre Schenkel und lege sie auf ihre heiße Spalte. »Du bekommst eine Belohnung.«

Innerhalb von Minuten habe ich sie mit den Fingern aufgegeilt. Ich weiß genau, wo ich reiben und drücken muss. Als ich einen Finger in ihren Hintereingang arbeite, zieht sich ihr Schließmuskel um die Spitze zusammen. Bald werde ich ihr einen Plug vorstellen. Dann darf sie so lange nur noch mit etwas im Hintern kommen, bis sie anal mit lustvollen Gefühlen assoziiert.

Ich schlängle den Finger tiefer. Sie windet sich in meinen Armen, beruhigt sich aber bald und nimmt die Penetration zusammen mit der Stimulation der Klitoris hin. In kürzester Zeit schnappt sie nach Luft und erzittert unter ihrem Höhepunkt. Ich streichle sie weiter, schraube die Ekstase höher, zwinge sie zu einem zweiten und dritten Orgasmus.

Schließlich ziehe ich die Hand zurück. Sie sackt nach vorn. Ihr gesamtes Gewicht fällt in meine Arme und zieht mich aus dem Gleichgewicht. Nur eine Sekunde lang, doch das genügt. Ihre Füße landen auf dem Boden, und sie richtet sich abrupt auf. Ihr Ellbogen rast auf mein Gesicht zu. Im letzten Moment drehe ich mich weg, ringe mit ihr, verdrehe ihren Arm hinter sie, aber sie ist fest entschlossen und sinkt auf die Knie. Ich falle mit ihr, doch ihr Vorteil reicht, um von mir wegzukriechen. Auf allen vieren, die Haare wild um das knurrende Gesicht verteilt, sieht sie animalisch aus. Sie hat immer noch das Messer.

Lächelnd gehe ich in die Hocke und gebe ihr das Zeichen für *Komm her*.

Mit dem Messer voraus stürmt sie an. Ich treffe ihr Handgelenk so hart, dass sie die Klinge fallen lässt. Von da an ist es ein Leichtes, ihr Hemd runterzuziehen und so ihre Bewegungsfreiheit einzuschränken. Sie streift es ab, wirft es weg und bleibt splitternackt zurück, womit ich kein Problem habe.

Als ich auf sie zustapfe, wendet sie sich zur Flucht und versucht es an jeder verriegelten Tür. Am Ende treibe ich sie zurück in den Wohnbereich. Sie rast in die Küche, wahrscheinlich, um nach einer anderen Waffe zu suchen. Ich hechte ihr hinterher, nutze den Vorteil meiner Größe und meines Gewichts, um sie zu Boden zu reißen. Mit dem Gesicht voraus landet sie auf dem Teppich, die Armen nach hinten gedreht und von mir fixiert.

Sie brüllt so wild in den Teppich, dass sie davon erzittert.

Ich beuge mich vor und murmle in ihr dunkles Haar. »Dem Sieger gehört die Beute.«

Damit ernte ich einen weiteren wutentbrannten Aufschrei. Langsam löse ich mich von ihr. Sie stemmt sich hoch und greift mich prompt wieder an, hat es mit den Fingernägeln auf meine Augen abgesehen.

Diesmal fange ich ihre Handgelenke ab, wuchte sie auf den Rücken und fixiere ihre Arme zu beiden Seiten des Kopfs. Mit meinem halben Gewicht auf ihr kann ich sie stundenlang bewegungsunfähig halten – oder so lange es eben dauert, bis sie einigermaßen die Kontrolle über sich zurückerlangt.

Langsam fließt die Raserei aus ihren dunklen Augen ab.

»Gut gemacht. Du hättest mich beinah geschnitten. Bei einem Übungskampf bis zum Bluten hättest du gewonnen.«

Sie bleckt mir die Zähne entgegen. »Ich will mehr, als dich zum Bluten zu bringen.«

»Dann müssen wir üben. Ich belohne dich, wenn du gewinnst. Aber da du diesmal verloren hast ...« Ich richte sie auf und drehe sie herum. Sie landet mit dem Gesicht nach unten auf meinem Schoß. Handschellen habe ich keine greifbar, doch es ist ein Vergnügen, sie festzuhalten und den Tanz der Muskeln in ihrem Hintern und ihren Oberschenkeln zu beobachten, während sie sich wehrt. Ich klatsche ihr auf den Po, erfasse mit der breiten Handfläche so viel davon wie möglich. Von ihr kommt ein spitzer Aufschrei. Ich bestrafe sie weiter, hart und schnell. Ihre Schultern und Hüften zucken, während sie versucht, sich mir zu entwinden. Ich hake ein Bein über ihre, fixiere sie. So versohle ich ihr weiter den Hintern, bis ihre Hüften auf und ab wogen, nach Stimulation suchen.

Ich habe sie darauf abgerichtet, sich nach Schmerz zu sehnen. Langsam schiebe ich ein Knie unter sie und gestatte ihr, sich an meinem Bein zu reiben, bis sie kurz vor dem Höhepunkt ist. Dann drehe ich sie auf den Rücken und packe sie mit der Hand an der Kehle. »Du kleine Wilde. Das ist nicht für dich.«

Ich schlage ihre Hände weg und benutze die Knie, um ihre Beine zu spreizen. Nach kurzem Ringen fixiere ich sie wieder und öffne die Hose. Ich habe sie so, wie ich sie haben will – die Arme über dem Kopf, die Brüste angehoben, die Schenkel gespreizt, meine Eichel an ihrer Pforte. »Ich habe gewonnen. Jetzt bekomme ich meine Belohnung.«

Lula

Victors riesiger Körper bedeckt mich und drückt mich auf den Teppich. Mein Hintern fühlt sich heiß und geschwollen von den Schlägen an, mein Innerstes pulsiert vor Verlangen. Sein Schaft ist an meiner Pforte angesetzt, und ich bin feucht genug, dass er mühelos in mich gleiten kann. Aber sobald er mir mitteilt, dass er gewonnen hat, setze ich mich wieder zur Wehr.

Zappelnd versuche ich, ihm in den Bauch zu schlagen. Dabei ziele ich auf die empfindliche Stelle, an der mein Schuss ihn getroffen hat. Seine Kiefermuskulatur spannt sich an – er sieht so wunderschön aus, wenn er wütend ist. Dann verlagert er mehr Gewicht auf mich und fixiert mich.

Ich zwinge ihn, den Griff zu verstärken, bis er mir wehtut. Wir haben kein Schäferstündchen zweier Liebender. Gut, er hat Frühstück für mich gekocht und mir seinen liebsten Zeitvertreib vorgestellt. Trotzdem sind wir keine Lover, die sich auf dem Boden wälzen, weil sie es vor Lust und Leidenschaft nicht bis ins Schlafzimmer geschafft haben. Er ist mein Feind, ich bin seine Feindin.

Das darf ich nicht vergessen. Ganz gleich, wie viele Orgasmen er mir beschert.

Seine Härte rammt sich in mich. Mein Inneres zieht sich bei jenem ersten heftigen Stoß zusammen. Er ist so groß, dass es immer ein bisschen dauert, sich an ihn zu gewöhnen. Diesmal lässt er mir dafür keine Zeit.

»Lass mich rein.« Er betont jedes Wort mit einer jähen Bewegung der Hüften. Gnadenlos dringt er in mich ein.

Mein Körper lockert sich unwillkürlich, um ihn aufzunehmen. Und verdammt, es fühlt sich so gut an.

Ich spreize die Beine weiter. Mein Rücken wölbt sich vom Boden. Er verringert das auf meinen kleineren Körper drückende Gewicht. »So ist's fein. Braves Mädchen.«

»Fick dich.«

»Mit Vergnügen.« Er wiegt sich in mich, und durch meinen Oberkörper breitet sich Wärme bis ins Hirn hinauf aus. Seine Bewegungen sind langsam, und ich genieße jede Berührung seines langen, dicken Schafts. In meiner Sicht blitzen Funken.

Allzu bald werden seine Stöße wilder. Er umfasst meine Hände und rammt sich in mich, hält mich gefangen. Es ist zu viel. Und doch will ich mehr.

Ich kämpfe nicht länger gegen ihn an. Meine Knie sind weit gespreizt. Ich gestatte mir, die Beine um seinen straffen Hintern zu schlingen, und versuche, mit seinem harten Rhythmus mitzuhalten. Sein Gesicht ist zu einer konzentrierten Grimasse erstarrt. Auf der marmorblassen Haut seiner definierten Arme und Brust glänzt Schweiß. Er verlagert das Gewicht auf die Knie, schiebt die riesigen Pranken unter meinen Hintern und hämmert sich tiefer in mich. Seine Eichel bestürmt meine Gebärmutter. Meine Orgasmen explodieren wie Bomben. Wieder und wieder, bis ich nicht mehr mitzähle.

Dann hebt Victor mich hoch und trägt mich zum Sessel, wo er mich mit dem Gesicht nach unten auf die Sitzpolsterung drückt, damit er mich von hinten nehmen kann. Ich klammere mich an dem Leder fest, bis es glitschig von meinem Schweiß wird. Mit Victor in mir erreichen meine Knie nicht ganz den Boden, doch das spielt keine Rolle. Er stößt weiter wuchtig in mich, treibt mich vorwärts, bis ich mich an der Rückenlehne abstützen muss. Mit einer Hand zieht er meinen Schädel an den Haaren zurück. Bei jedem Ruck spanne ich die inneren Muskeln um seine Härte herum an. Irgendwie komme ich auf diese Weise erneut, den Kopf nach hinten geneigt, den Mund weit aufgerissen, um Sauerstoff in die Lunge zu saugen.

Schließlich dreht er mich wieder um, richtet sich auf und nimmt mich in die Arme. Ich umklammere seine Schultern. Er packt mich an den Hüften und drückt mich zurück auf seine Erektion. Langsam pfählt er mich, lässt mich von der Schwerkraft nach unten ziehen. In diesem Winkel dringt er so tief in mich ein, dass ich das Gefühl habe, ihn im Rachen zu spüren. Während er meine Hüften bewegt, mich abwechselnd hebt und senkt, starre ich auf seine zornig gerötete Länge hinab und beobachte, wie sie wieder und wieder in mir verschwindet.

Meine Beine vibrieren unter einem kontinuierlichen, ununterbrochenen Höhepunkt.

Dann sind wir plötzlich in seinem Schlafzimmer. Er senkt mich auf die weiche Matratze, bevor er sich meine Beine über die Schultern hievt und weiter in mich hämmert.

Er ist immer noch schier unglaublich hart. Seine Ausdauer ist unfassbar.

In Augenblicken wie diesen geht mir durch den Kopf, dass ich ihm in den Schwanz hätte schießen sollen. Andererseits wäre es ein unverzeihliches Verbrechen, die Welt des perfektesten Glieds zu berauben, das es gibt.

Und als ich beginne, wieder davon zu fantasieren, ihn umzubringen, schiebt er mir eine Hand unter den Po und drückt einen Finger in meinen Hintereingang. Ich komme heftig, spüre ihn überall, und endlich folgt er mir über die Ziellinie. Meine inneren Muskeln ziehen sich um seine

Männlichkeit herum zusammen. Es erfüllt mich mit Ekstase, wie er in mich brandet.

Dann liegen wir eine Weile schwer atmend auf der Seite. Ich brauche ein Nickerchen, und wenn ich aufwache, werde ich mich wund fühlen. Victor treibt es so, wie er lebt – mit Freude an Gewalt.

»Gefällt dir mein Finger im Arsch?« Er schiebt ihn tiefer.

»Nein«, stoße ich hervor, als mich ein winziges Beben durchzuckt.

»Lügnerin.« Er erkundet mich gnadenlos. Und kaum hat sich mein Schließmuskel um den Finger herum gedehnt, fügt er einen zweiten hinzu.

Gleichzeitig schwillt sein Schaft in mir wieder an. Dadurch baut sich Druck auf die empfindsame Trennwand zwischen ihm und seinen Fingern auf.

»Fick mich«, entfährt es mir stöhnend.

»Wie du willst.« Damit entfernt er die Finger aus meinem Hintern und wiegt sich zwischen meine Hüfte.

»Schon wieder?«

»Das kannst du ertragen.«

Ich murmle etwas Unzusammenhängendes. Wenigstens sind wir jetzt im Bett. Mit den Lidern auf halbmast beobachte ich ihn und lasse ihn meinen Körper zu seiner Befriedigung benutzen. Ich gleiche einem winzigen Segelboot, das auf einem endlosen Ozean durchgeschüttelt wird.

Ein warmes Tuch an meiner Scham weckt mich abrupt.

»Lula. Meine Lula.« Er säubert und küsst mich. Dann dreht er den Kopf, fährt mit der Zunge über meine Wange, leckt die Tränen von meinem Gesicht. Halbherzig blecke ich die Zähne, worüber er lacht. »Willst du mich zeichnen, meine wilde Schönheit?« Er legt meine Hand auf die Wunde an seinem Bauch. »Das hast du schon.«

Seine Haut fühlt sich glatt unter meiner an. Das ist der

Moment. Ich könnte die Finger in das noch verwundbare Narbengewebe bohren, es aufbrechen, ihn zum Bluten bringen. Stattdessen lasse ich nur die Hand über der Wunde ruhen und genieße, wie er sich anfühlt. Von Kuscheln habe ich nie etwas gehalten. Aber Victor ist so riesig und kraftvoll, dass meine niedersten Instinkte ihn mit Geborgenheit assoziieren. Er würde nie zulassen, dass mir jemand wehtut. Das Recht behält er ausschließlich sich selbst vor.

Schlaf droht, mich zu überwältigen. Ich versuche, ihn abzuwehren, und murmle: »Hätte ich nur auf das Herz gezielt.« Zur Betonung schiebe ich die Hand zu seiner Brust hoch. Er legt die seine darauf und lässt mich seinen Herzschlag spüren, der in Einklang mit meinem donnert.

»Du hast vielleicht nicht darauf abgezielt, aber getroffen hast du es trotzdem.«

∼

Lula

Im Schlafzimmer ist es dunkel, als Victor mich weckt und so auf die Seite rollt, dass er meinen Oberschenkel anheben und in mich gleiten kann.

»Du spinnst«, murmle ich ins Kissen. Ich habe keine Ahnung, wie spät es ist, aber es fühlt sich nach mitten in der Nacht an. Während er meinen Körper benutzt, döse ich halb. Ich wache erst auf, als er befriedigt brummt, mich an sich zieht und mich auf den Kopf küsst. Ich schmiege mich in seine Arme und überlege, ob die Nässe zwischen meinen Beinen sein frischer Samen oder die Säfte meiner Erregung sind.

»Fertig?«

»Vorläufig.« Er küsst mich auf die Stirn. »Schlaf jetzt. Wirst du brauchen. Ich wecke dich, wenn es Zeit zum Essen ist.«

»Ich will Pfannkuchen.« Damit lasse ich mich wieder vom Schlaf überwältigen.

Bei unserer nächsten Mahlzeit bereitet er Pfannkuchen für mich zu und lässt mich die ganze Zeit sein Hemd tragen. Als ich satt bin, zieht er mich in den Flur, wo er eine Holzpuppe aufgestellt hat. An ihr bringt er mir bei, wie man mit einem Messer schlitzt und zusticht. »Mir wäre lieber, du müsstest nie in den Nahkampf. Trotzdem schadet es nicht, dafür gewappnet zu sein.«

Danach lässt er mich erneut Messer auf eine Zielscheibe werfen, bis meine Arme ermüden. Er belohnt mich mit einer Dusche und einem gemächlichen, langsamen Fick an der gefliesten Wand. Anschließend benutzt er wieder ein Rasiermesser an mir. Sobald wir sauber und trocken sind, platziert er mich auf allen vieren im Bett. Neben mir befindet sich ein schwarzes Handtuch mit einer Tube Gleitgel und einem kleinen schwarzen Stöpsel darauf.

Er streichelt meinen Hintern. »Wirst du dich gegen mich wehren?«

»Weiß ich noch nicht.« Ich werfe ihm über die Schulter einen finsteren Blick zu. »Willst du mir das in den Arsch stecken?«

»Möchtest du es lieber selbst tun?«

»Was denkst du wohl?« Er legt eine Hand zwischen meine Schulterblätter und drückt mich nach unten, bis meine Wange auf der Decke ruht, während mein Hintern hochgestreckt bleibt.

»Drück nach außen«, befiehlt er und erkundet mich mit gleitmittelbeschichteten Fingern, bevor er sie durch den Plug ersetzt. Bei dem fremdartigen Gefühl stoße ich zwar unwillkürlich den Atem aus, aber so schlimm ist es gar nicht. Schlimmer finde ich, wie schnell ich für ihn feucht werde, als er mit der freien Hand an meiner Pussy spielt.

»Und jetzt?«

»Jetzt kommt eine Belohnung.« Er krümmt die Finger in mir, ertastet die raue Stelle über meiner Spalte und reibt daran. »Möchtest du, dass ich dich fessle?« Aber ich wiege mich bereits seiner Hand entgegen. Der Plug ergänzt meinen Höhepunkt um eine weitere dunkle Dimension.

Viel später, meinem Gefühl nach zu Mittag, bereitet er für mich perfekt gegarte, dicke Steaks zu. Er setzt sich auf einen Hocker neben mir und füttert mich Bissen für Bissen. Und ich lasse es zu, weil das Fleisch zu köstlich ist, um es zu verweigern. Es schmilzt im Mund wie Butter.

Mit dem Plug im Hintern auf dem Hocker zu sitzen, fühlt sich unheimlich merkwürdig an. Aber nicht allzu schlimm. Wenigstens bin ich nicht mit Klemmen an den Nippeln gefesselt.

Ich habe gelernt, mich über Kleinigkeiten zu freuen.

Er schenkt mir ein Glas Wein ein, einen Châteauneuf-du-Pape, mit dem sich meine billigen Merlots nicht messen können. Während er abwäscht, fläze ich mich auf dem Sessel, das Gewicht so auf die Hüfte verlagert, dass ich nicht den Plug in meinem Hintern belaste. Dazu genieße ich den süffigen, aber komplexen Rotwein. Eine weitere Episode meines Zusammenlebens mit einem Profikiller. Diesmal häusliche Idylle.

Da es eine Weile her ist, mindestens ein bis zwei Wochen, seit ich zuletzt Alkohol hatte, steigen mir bereits wenige Schlucke zu Kopf.

»Es dürfte dich freuen zu erfahren, dass ich Verbindung zu Leuten aufgenommen habe, die Stephanos finden können«, teilt mir Victor vom Spülbecken über die Schulter mit.

»Wirklich?«

»Ja. Noch haben sie mich nicht zu ihm geführt, aber das werden sie.«

Ich betrachte eingehend die sich kräuselnden Wellen im Wein. Diese Unterhaltung mit Victor fühlt sich seltsam an. Ich bin es gewohnt, ihn als Feind auf Stephanos' Seite zu sehen.

»Ich habe sie auch gefragt, wer der Maulwurf ist.«

»Und haben sie es dir gesagt?«

»Nein. Aber ich gebe dir Bescheid, sobald ich es herausgefunden habe.« Er trocknet weiter das Geschirr ab. »Dein Cousin sucht nach dir.«

»Natürlich tut er das.« Ich kann ihn mir bildlich vorstellen, wie er mit auf den Schreibtisch gestützten Armen seinen Männern Befehle erteilt und dabei nur Pausen einlegt, um Leah zu trösten.

»Mittlerweile sehr intensiv. Er hat eine Belohnung für jedes Lebenszeichen von dir ausgesetzt.«

»Darf ich ihm eine Mitteilung zukommen lassen?«

»Was würdest du ihm denn mitteilen?«

Damit bringt er mich ins Grübeln. Was könnte ich sagen, das Victor erlauben würde? »Gesucht wird ein großer blonder Auftragsmörder. Foltert gern Menschen. Bei Sichtkontakt ...« Ich zögere.

»Erschießen?« Victor trocknet sich die Hände an einem ordentlich vom Ofengriff hängenden Geschirrtuch ab. Es ist cremeweiß und mit kleinen gelben Enten verziert.

»Außer Gefecht setzen«, sage ich. Allerdings klinge ich dabei nicht überzeugt. Mit der Weinflasche in der Hand kommt Victor auf mich zu. Er schenkt mir nach, bevor er die Flasche wegstellt, mich hochhebt und sich mit mir auf dem Schoß hinsetzt. Ich lasse es zu. Sorgen bereitet mir dabei nur, dass ich Wein verschütten könnte.

Ich schmiege mich in seine Arme, als wären wir ein Paar, das sich nach einem langen Arbeitstag entspannt. Ein halb nacktes Paar. Er trägt nur eine weiche Hose, ich habe lediglich sein Hemd an, ohne BH und Slip. Dafür habe ich einen Analplug in mir.

Eine Weile streichelt Victor meinen Rücken und beobachtet mich dabei, wie ich am Wein nippe.

Vielleicht bin ich bereits beschwipst, jedenfalls gefällt es mir. Den Plug empfinde ich zwar immer noch als störend, zugleich jedoch sorgt er dafür, dass ich feucht bin.

»Schmeckt er dir?« Er deutet mit dem Kopf auf das Glas.

»Er ist gut.« Ich drehe mich ihm zu, setze das Glas an seine Lippen und lasse ihn daran nippen. Was ein Fehler sein könnte. Dadurch hat er die Hände frei, kann sie wandern lassen. Prompt streunen seine Finger über meine Hüfte hinab und in die Spalte meines Hinterteils, wo sie das flache Ende des Plugs ertasten. Obwohl er lediglich darauf tippt, spüre ich die Vibrationen tief in mir.

Er beobachtet mich eingehend, achtet auf jedes Zucken meiner Gesichtsmuskeln, auf jedes Stocken meiner Atmung.

Nach einer Weile beugt er sich vor und haucht mir ein samtenes Flüstern ins Haar. »Magst du den Plug?«

Die Frage würdige ich mit keiner Antwort. Er braucht auch keine. Seine wandernde Hand begibt sich zu meiner rasierten Pussy, die er feucht vorfindet.

»Wenn du es mir nicht sagst, muss ich nachsehen.« Und das tut er gründlich. Seine Finger tänzeln von der Klitoris zum Plug und wieder zurück. Mein Verstand leert sich sowohl vom Wein als auch von seinen Berührungen.

Er hält lediglich kurz inne, um mir erneut nachzuschenken. In der Flasche ist nur noch ein Viertel übrig.

»Wie endet das?«, frage ich ins Leere.

Er hat mir das Hemd runtergezogen, um mit meinen Brüsten zu spielen. Seine Lippen streichen über meine Schulter.

»Victor!«, rief ich seinen Namen, um seine Aufmerksamkeit zu erlangen. »Wirst du mich je gehen lassen?«

»Du kennst die Antwort.« Seine langen Finger streifen über meine Rundungen und tauchen dazwischen. Seine Schwielen verfangen sich an meinen Nippeln, und meine Bauchmuskeln spannen sich an. »Wir gehören zusammen.«

Ich schnaube spöttisch.

»Kannst du dir ein Leben ohne mich vorstellen?« Als ich den Mund öffne, kneift er mich erwartungsvoll in einen Nippel. »Keine Lügen.«

»Ich bin Anwältin. Die Wahrheit zu verdrehen, ist mein täglich Brot.«

»Dann sag jetzt und hier ausnahmsweise die reine Wahrheit. Nicht nur für mich, auch für dich selbst.« Er lockert den Griff um den Nippel, rollt ihn stattdessen zwischen den Fingern. »Wenn ich morgen nicht mehr da wäre, würdest du mich vermissen?«

Ich stelle es mir vor. Verlassene Räume, unversperrte Türen. Dann könnte ich zwar entkommen, aber ... »Ich wäre stinksauer.«

»Würdest du mich jagen?« Er klingt amüsiert, als würden wir Raubtier und Beute spielen.

Vielleicht trifft das sogar zu.

»Ja.«

»Und wenn du mich erwischst, würdest du mich umbringen?«

Ich rufe mir mein Leben vor Victor ins Gedächtnis.

Lange Arbeitsstunden für *La Famiglia*. Allein mit meinem Groll und Rotwein verbrachte Abende. Noch dazu mit schlechtem Wein im Vergleich zu der berauschenden Ambrosia, die ich gerade trinke. »Nein.«

»Also würde ich dir fehlen. Oder vielleicht nur die Orgasmen, die ich dir schenke?«

»Ich sehne mich danach«, gestehe ich schließlich. »Ich sehne mich nach dir.«

»Es ist keine Schwäche, einen anderen Menschen zu brauchen.«

Wieder will ich höhnisch schnauben und die Augen verdrehen. Er irrt sich. Jemanden zu brauchen, ist die größte Schwäche von allen. Stattdessen fordere ich ihn ganz wie die Anwältin heraus, die ich bin. »Wen brauchst du denn?«

»Dich.«

Ich will ihm nicht glauben. Aber er nimmt mir den Wein ab, trinkt einen ausgiebigen Schluck davon und bringt mich dann zurück ins Bett, um mir zu beweisen, wie sehr mich ein Teil seiner Anatomie braucht. Mehrere Orgasmen später schwelge ich wieder in seinen Armen, eingehüllt in seinen Winterduft. Dabei überlege ich nicht, wie ich ihn außer Gefecht setzen und flüchten könnte. Stattdessen denke ich an Steaks, Massagen und Sessions am Kreuz. An in der Nacht geflüsterte Geheimnisse.

Ich soll der einzige Mensch auf der Welt sein, den dieser gefährliche Mann braucht? Schicksal, errette mich aus dieser erlesenen Hölle. Denn ich will sie nicht aufgeben.

14

L*ula*

SIEBEN MAHLZEITEN, fünf Flaschen Wein, drei Trainingseinheiten mit dem Messer und viele, viele Ficks später stehe ich gefesselt in der Mitte des Raums. Meine Arme stecken über dem Kopf in Manschetten, über dem Gesicht habe ich eine Augenbinde. Zwischen meinen Beinen befindet sich eine Spreizstange. Ich habe einen Plug im Hintern, einen Knebel im Mund und über der Klitoris einen diabolischen Schild, der in unregelmäßigen Abständen vibriert.

Er legt mir einen weichen Ball in die Hand. »Drück zu.« Als ich es tue, quietscht der Ball wie ein Hundespielzeug.

»Wenn du dreimal drückst, höre ich auf.« Er wartet auf mein Nicken, bevor er mir als letzte Ergänzung noch Ohrenstöpsel einsetzt.

Als er damit fertig ist, kann ich weder sehen noch hören.

Ich beuge die Finger der leeren Hand in den Fesseln, greife nach irgendetwas. Nach einem Beweis für die Welt jenseits des dunklen, stillen Orts, an dem ich mich befinde.

Als er beruhigend die Hand an meine Hüfte legt, weiß ich, dass er sich den Beginn etwas besonders Fieses ausgewählt hat.

Prompt entflammt eine Linie aus Feuer über meine beiden Pobacken.

Meine leere Hand ballt sich zur Faust, aber ich drücke nicht den Ball.

Es folgt ein weiterer Striemen über mein Sitzfleisch. Ein dritter knapp darunter.

So sehr ich die Ohren spitze, ich kann nichts hören. Nicht, dass es irgendwie erlösend wäre, das Zischen des Folterinstruments durch die Luft oder den schnalzenden Aufprall auf meiner Haut akustisch mitzubekommen. Aber zumindest könnte ich mich dann auf etwas anderes als die pulsierenden Streifen auf meinem Hinterteil und der Rückseite meiner Oberschenkel konzentrieren.

Wieder ein Schlag mit dem darauffolgenden Brennen. Ein fünfter zieht sich quer über die anderen Striemen. Mittlerweile hat sich mein Hintern in eine feurige Masse verwandelt. Jede mit dem Stock gezogene Linie pulsiert in ausstrahlenden Wellen.

Ich zapple, tanze halb in meinen High Heels, winde mich hin und her. Als der Flogger an meinen Brüsten zum Einsatz kommt, lasse ich den Ball fallen.

Schweiß perlt mir über den Oberkörper. Ich rieche ein animalisches Aroma, das von mir ausgeht.

Und Victors kühlen Winterduft.

Er beugt sich zu mir, legt mir den Ball wieder in die Hand. Ich drücke ihn einmal, um anzuzeigen, dass ich noch bei ihm bin.

Seine Lippen streifen meine. Kühle Minze, ein Hauch von Kieferduft. Ich seufze.

Dann kommen die Nippelklemmen. Und weitere Hiebe mit dem Flogger, diesmal auf den Rücken. Ich lehne mich von einer Seite zur anderen, verlagere das Gewicht innerhalb des kleinen Spielraums, den mir die Spreizstange und die Fesseln an meinen Handgelenken lassen. Dazu drehe ich den Kopf, doch die Augenbinde lässt nichts durch, kein Licht, keine Formen, und durch die Ohrstöpsel dringt kein Ton.

Ich kann nur fühlen.

Eine Gerte auf der Pussy.

Ein Paddel auf dem Hintern.

Ein Anziehen der Schrauben der Nippelklemmen, damit sie fester zubeißen.

Victors Finger streichen über die von ihm geschaffenen Male, und ich kann mir seinen zufriedenen Gesichtsausdruck vorstellen.

Der Schild an meinem Kitzler erwacht zum Leben, vibriert mit anschwellender Intensität. Ich wiege mich auf Zehenspitzen, kämpfe darum, die Beine zu schließen und mehr Stimulation zu erzielen.

Victor streichelt die Innenseiten meiner Schenkel, geilt mich auf.

Ich stöhne um den Knebel herum. Der stark gedämpfte Laut klingt Welten entfernt.

Victor presst auf den Schild, verschafft mir den Druck, den ich brauche. Sämtliche Qualen in meinem Körper strömen als feurige Rinnsale zu dem herrlichen Gefühl in meiner Mitte. Als sich mein Innerstes zusammenzieht, verwandelt sich das zornig-rote Brennen in pures Gold.

Sein Atem liebkost mein Gesicht, und ich spüre, wie er murmelt: »Wunderschön. *Bellissima.* Braves Mädchen.«

Dann entfernt er die Ohrenstöpsel und gibt mir Wasser.

»Hast du genug?«

Ich schüttle den Kopf. Das Brennen der Striemen auf dem Hintern und das Stechen in den Nippeln ist zu nichts abgeflaut. Die Schmerzen reichen nicht länger aus, um die unerträgliche Süße meines Höhepunkts auszugleichen.

Keine Ahnung, was ich zu beweisen habe. Warum ich immer mehr will.

Aber Victor weiß es, und er beantwortet meine unausgesprochenen Fragen. »Du brauchst den Schmerz. Du verdienst dir den Höhepunkt gern.«

»Ja. Gib's mir.«

»Das werde ich, Schönheit. Das werde ich.«

Und damit bearbeitet er mich härter als davor. Die Ohrstöpsel hat er nicht wieder ersetzt, deshalb höre ich jedes Zischen, jedes Peitschen. Die Schläge kommen schneller und schneller, gehen so nahtlos ineinander über, dass mir keine Zeit mehr bleibt, mich für sie zu wappnen. Also kapituliere ich davor und begrüße die Schmerzen. Ich will sie. Ich brauche sie. Sie brennen wie ein reinigendes Feuer. Ich bin darin gefangen, werde darin wiedergeboren.

Wieder stützt mich eine Hand an der Hüfte. Langsam zieht Victor den Plug aus meinem Hintern und stößt ihn zurück hinein. Zuerst versteife ich mich, aber es gibt kein Ankämpfen dagegen. Mein Körper entspannt sich, nimmt das seltsame Gefühl hin. Als er ihn vollständig herauszieht, erstarre ich, vermisse die düstere Stimulation.

Was ich nicht lange muss. Er setzt die Eichel an meinem klaffenden Hintereingang an und drückt sie hinein. Obwohl seine Härte glitschig von Gleitgel ist, brennt es, als er mich dehnt. Das Verlangen, ausgefüllt zu werden, wird von Panik durch das schonungslose Eindringen in mich verdrängt.

»Atme, Lula«, fordert er mich mit knurrendem Unterton

auf. Ich sauge Sauerstoff ein, verspüre ein Schwindelgefühl, und er zwängt sich tiefer in meinen Hintern. Sein Arm schlängelt sich um meine Taille, seine Hand drückt auf den summenden Vibrator über meinem Venushügel.

Und ich komme – heftig, lang. Meine Muskeln ziehen sich um seinen Schaft herum zusammen.

Er flucht und murmelt etwas Leidenschaftliches in seiner Muttersprache. Langsam zieht er sich aus mir zurück, schenkt mir einen Hauch von Erleichterung, bevor er wieder eindringt. Er geht sanft vor, und da das Gerät an meinem Kitzler nicht meinen Schritt bedeckt, kann er zusätzlich Finger in mich schieben. Ich spanne mich um sie herum an, umklammere sie wie eine Rettungsleine, während das Brennen in meinem Hintereingang zu etwas Neuem aufflammt – etwas, das sich verstörend wie Lust anfühlt.

»So ist's gut. Braves Mädchen.« Ein weiterer Finger verschwindet in mir, und Victors Handgelenk drückt auf den Vibrator, während mich seine pralle Männlichkeit schier unglaublich dehnt.

Seine freie Hand legt sich um meine Kehle.

»Wirst du für mich kommen, Schönheit? Mit meinem Schwanz im Arsch?«

»Fuck.«

»Ja.« Er bewegt sich in mir vor und zurück. Nach wenigen Stößen treffen seine Finger genau die richtige Stelle in mir und jagen mich schaudernd durch einen weiteren Orgasmus. »Ich glaube, das gefällt dir, Lula.« Er reißt den Vibrator weg und ersetzt ihn durch seine Handfläche, reibt sie grob über meine empfindsame Knospe, bis ich mich winde und zu entkommen versuche.

Nur kann ich das nicht. Aufgehängt wie ein Stück Fleisch, überzogen von roten Striemen, bin ich ihm ausgeliefert, während er meine letzte jungfräuliche Körperöffnung fickt. Und es gefällt mir.

Oh Schicksal, steh mir bei, ich liebe es förmlich.

Er steckt mir die von meinen Säften nassen Finger in den Mund. Ich beiße zu, schmecke das säuerlich-süße Aroma meiner eigenen Muschi. Als er sich wieder meinen Hintereingang rammt, stemme ich mich auf die Zehenspitzen. Mit sachte ist es vorbei.

Er entfernt die Finger aus meinem Mund und zieht eine Nippelklemme ab. Ich schreie auf und vermag nicht zu sagen, was qualvoller ist – der Biss der Klemme, ihr Entfernen oder die letzte, schreckliche Entladung.

Victor wartet eine Weile, bevor er mir die andere abnimmt.

»Verfluchter Sadist.«

Er lässt ein düsteres Lachen vernehmen und hämmert in mich, fickt mich so hart, dass ich es tagelang spüren werde.

Als die Augenbinde abfällt, schnappe ich nach Luft. Mittlerweile hatte ich mich an die Dunkelheit gewöhnt. Victor versteht sich vortrefflich darauf, mir so zu geben, was ich will, dass er es dabei vollkommen ruiniert.

Als er sich aus mir zurückzieht, hänge ich einen Moment lang keuchend da. Und fühle mich leer.

Victor versteht sich vortrefflich darauf, mir zu geben, was ich verabscheue, und zu bewirken, dass ich mich danach sehne.

»Keine Sorge, *krasiva*. Ich bin noch nicht fertig mit dir.«

Er befreit meine Fußgelenke von der Spreizstange und meine Handgelenke von den Überkopffesseln. Ich breche in seine Arme zusammen. In seine kraftvollen Arme, die stark und bereit sind, mich aufzufangen. Seine Haut fühlt sich heiß an und glänzt vor Schweiß. Sein herrlicher Duft umhüllt mich.

Er trägt mich zum Bett und säubert mich, bevor er mich zur Überprüfung ausbreitet.

Mehr Wasser. Ein paar weitere Küsse.

Dann eine Hand an meiner Kehle, die mich nach unten drückt. Aus dem Augenwinkel sehe ich etwas Silbriges aufblitzen und erschrecke.

Er hat ein Messer in der Hand.

»Eine Sache noch«, sagt er, während ich die Bewegung der Klinge verfolge. Da er mir mittlerweile beigebracht hat, wie man ein Messer hält und wirft, erkenne ich die Kunstfertigkeit seiner eleganten Finger. Der schwarze Griff, der silberne Erl, die geschliffene Schneide, alles ist ein Teil von ihm.

Er streicht mir mit der Messerhand Strähnen meines Haars aus dem Gesicht. »Darauf warte ich schon seit dem Morgen, an dem du mich verlassen hast.«

Der Morgen, an dem ich auf ihn geschossen habe.

Er schwenkt die Klinge vor meinem Gesicht. Mit der anderen Hand hält er mich an der Kehle, und ich bin ausgelaugt von dem Spießrutenlauf aus Qualen und Ekstase, durch den er mich gejagt hat. Trotzdem fühle ich mich noch stark genug, um zu kämpfen.

Aber ich tue es nicht. Ich rühre mich nicht.

Denn ich will erfahren, was als Nächstes passiert.

Er setzt das Messer über meinem Herzen an. »Du hast mich gezeichnet. Und jetzt zeichne ich dich.«

Ich sehe ihm in die Augen, betrachte die dünne Frostlinie um die aufsteigende Dunkelheit. Wenn das mein Ende ist, fürchte ich mich nicht davor. »Tu es.«

Der erste Schnitt ist perfekt. Die scharfe Schneide teilt meine Haut sauber. Dann quillt das Blut hervor, dunkler, als ich es mir vorgestellt hätte. Und es schmerzt. Als hätte er zu tief geschnitten. Als wolle er sein Zeichen in mein Herz ritzen statt in die Haut und das Fleisch darüber.

Ein zweiter Schnitt, schräg zum ersten. Er hat ein V über meine linke Brust geschnitzt. V für Victor. Ein Beweis seines Siegs über mich.

Mittlerweile sind seine Augen völlig schwarz. Er hört nicht auf, sondern verpasst mir drei weitere Schnitte, bildet einen zweiten Buchstaben. Ich atme stockend aus und ein, während meine Nervenenden brüllen. Aber ich bitte ihn nicht, aufzuhören.

Stattdessen drehe ich den Kopf, um mir sein Werk anzusehen. Allerdings zerläuft das Blut in alle Richtungen und überdeckt, was er geschaffen hat.

Es ist tatsächlich ein Ende, zugleich jedoch ein Anfang.

»Lula.« Victor erobert meine Lippen und senkt sich mit unersättlicher Begierde auf mich. Er zieht meine Hüften zurück und versenkt sich erneut in meinem Hintern. Diesmal kann ich dabei zusehen, wie er in mich eindringt, Zentimeter für heftigen Zentimeter. Als er bis zum Anschlag in mir steckt, drückt er auf meine Spalte und reibt die klatschnassen Schamlippen, bis sich mein Orgasmus abzeichnet, ich mich lockere und einen weiteren Zentimeter seiner Härte aufnehme. Mein Hintern ist vollständig von ihm ausgefüllt, mein Hirn von widerstreitenden Empfindungen.

Mit von den Schmerzen über meinem Herzen geschwächten Arm drücke ich gegen seine harte, nackte Brust. Der glatte Marmor seiner Muskeln ist rosa, befleckt mit meinem Lebenssaft. Ich hinterlasse überall an ihm blutige Handabdrücke – an den Schultern, den Brustmuskeln, im Gesicht –, bis sich unsere Lippen berühren und ich Metall, Salz und *uns* schmecke.

Und dann kommt er, tief in meinem Arsch. Ein anderer Teil von mir hat sich seiner Herrschaft unterworfen. Aber es ist mir egal, denn er säubert mich sorgfältig und rollt uns auf einen frischen, unbefleckten Bereich des riesigen Betts, wo ich in seinen Armen einschlafen kann.

Als ich aufwache, verbindet er mich gerade. Ich habe immer noch nicht gesehen, was er in mich geschnitten hat, kann es aber an der Brust pulsieren fühlen, als reiche die Wunde bis zum Rücken. Die Schmerzen strahlen in meinen linken Arm aus.

Mit den Fingern über dem weißen Verband hält er inne, ein Haifischlächeln im Gesicht. Er ist zufrieden mit seiner Arbeit.

Nachdem er mir Schmerztabletten in den Mund gesteckt hat, hebt er mir ein Glas Wasser an die Lippen. Nach kurzer Zeit verschwinden die Schmerzen hinter einem hauchdünnen Vorhang.

»Schlaf«, befiehlt er mir. »Es ist spät.«

Also muss es Nacht sein. Ich genieße diesen winzigen Ausblick in die Außenwelt, den er mir gerade geschenkt hat. »Spät?«

»Ja.« Ein weiterer Kuss. Dann bewegt er sich in der Dunkelheit neben mir, warm und vertraut. Ein Partner, ein Lover, der mich überredet, wieder einzuschlafen. »Morgen früh wecke ich dich.«

Ein Morgen mit Victor, barfuß und mit nacktem Oberkörper in der Küche. Eier. Pfannkuchen. Lächelnd döse ich wieder ein.

∽

VICTOR

. . .

Ich habe noch nie so gut geschlafen wie neben Lula. Schon als Junge waren meine Nächte unruhig, weil ich ständig den Lärm des von Verbrechen verseuchten Viertels hören musste, in dem wir uns das Leben gerade so leisten konnten. Wütende Stimmen, zuknallende Türen, Autos mit Fehlzündungen und Schüsse. Daran konnte ich mich nie gewöhnen. Damals habe ich leichten Schlaf gelernt, aus dem ich schnell hochgeschreckt bin, um meine Mutter warnen und beschützen zu können.

Jetzt hingegen schlafe ich tief und fest, in den Armen meine Gefangene. Ein verruchter Engel.

Sie löst Gefühle in mir aus – und ich bin nicht daran gewöhnt, etwas zu fühlen. Ein kleiner, verkümmerter Teil von mir erkennt, dass sie allein diese Emotionen erwecken kann. Ich brauche sie in meiner Nähe. Sie ist meine Seele.

Nach zwei REM-Zyklen stehe ich widerwillig auf. Ich lasse Lula auf dem Rücken schlafen. Der Verband über meinen Initialen hebt sich hell aus der Dunkelheit ab. Ich gehe in der Küche zu der verriegelten Schublade, die mein wichtigstes Wegwerfhandy beherbergt.

Bevor ich den Anruf tätige, lasse ich sieben Minuten verstreichen.

»Ich bin da«, meldet sich Spiro. In den vergangenen Tagen habe ich daran gearbeitet, sein Vertrauen zu erlangen. Gleich werde ich erfahren, ob sich meine Bemühungen gelohnt haben.

»Und? Haben wir eine Vereinbarung?«

Spiro lässt einige Sekunden verstreichen. »Was ist es dir wert?«

»Nenn mir deinen Preis.«

Er kommt der Aufforderung nach. Als ich mich damit einverstanden erkläre, teilt er mir die gewünschten Informationen mit. Alles.

Als ich auflege, spüre ich die Schwere der Neuigkeiten, die ich für Lula habe.

Unsere Schonfrist ist vorbei. Die vergangene Nacht war für uns ein Wendepunkt. Und ich weiß, dass auch sie es gespürt hat.

Jetzt werden wir feststellen, ob es das Ende vom Anfang oder der Anfang vom Ende war.

~

LULA

LANGSAM WACHE ich auf und strecke mich. Prompt zucke ich beim schmerzhaften Ziehen der wunden Haut über meiner linken Brust zusammen. Victor hat mir Schmerzmittel und ein Glas Wasser dagelassen. Ein rücksichtsvoller Sadist.

Wie so oft morgens tappe ich aus dem Schlafzimmer und finde ihn am Herd vor, wo er eine Mahlzeit zubereitet. Wie selten morgens lächle ich beinah, als ich ihn ganz in Schwarz erblicke, den weißblonden Kopf in den Kühlschrank gesteckt. Durch sein T-Shirt zeichnen sich die straffen Muskeln und die Adern seiner Unterarme ab.

Mir läuft das Wasser im Mund zusammen. »Morgen.«

Er gibt mir das Zeichen für *Komm her*. Als ich zu ihm gehe, stellt er einen bläulichen Smoothie vor mich hin. Ich habe gar keinen Mixer gehört. Als ich davon koste, schmecke ich Joghurt und Beeren.

Er beobachtet mich beim Trinken, das wunderschöne Gesicht unergründlich. *Okay?* Ein weiteres Handzeichen. Mittlerweile benutzt er sie ständig, vor allem, wenn er mir beibringt, wie man jemanden mit einem Messer angreift.

»Ein bisschen wund. Gehen wir es heute beim Training

sachte an.« Ich tue so, als würde ich die Schulter rollen. In Wirklichkeit bewege ich sie kaum einen Zentimeter.

Victor stützt die Hände auf die Kücheninsel und starrt auf den glitzernden Quarz.

Normalerweise ist er nicht so grüblerisch. Irgendetwas stimmt nicht.

Ich stelle das Glas ab. »Was? Was ist los?«

»Ich weiß, wer der Maulwurf ist«, antwortet er mit rauer Stimme.

Eine weitere Erklärung ist nicht nötig. Der Maulwurf, der sich bei meiner Familie eingeschlichen hat und Informationen an Stephanos weitergibt. Es muss jemand sein, der genug Vertrauen genießt, um die Dinge zu erfahren, die Stephanos zugespielt bekommt und durch er uns immer einen Schritt voraus zu sein scheint.

Namen und Gesichter schwirren mir durch den Kopf. »Wer?« Ich weiß, dass mir die Antwort nicht gefallen wird.

»Gino.«

Ich schließe die Augen, als mir diese Kugel ins Herz fährt. Mein dämlicher, egoistischer Bruder. »Dieser Idiot.« Es ergibt Sinn. Sein Erbteil hatte er im Nu durch. Er gibt gern Geld aus und erwartet, dass es ihm einfach in den Schoß fällt. Und als Sohn eines der ranghöchsten Familienmitglieder hatte er Zugang zu allem. Niemand würde seine Loyalität in Frage stellen.

Ein Schatten fällt über mich. Victor ist um die Kücheninsel herumgekommen, befindet sich unmittelbar neben mir. Und obwohl es in meinem Magen brodelt, richten sich kurz die feinen Härchen an meinen Armen auf, bevor er mich berührt. »Lula, es tut mir leid.«

»Nein, tut es nicht.« Ich entwinde mich ihm und zucke zusammen, als ich damit die Wunden zum Pochen bringe. »Du bist einer von denen.« Ein Feind. Das darf ich nicht vergessen. Wieder und wieder sage ich es mir vor, bis ich mich einige Meter entfernt habe. »Ich muss es meinen Cousin wissen lassen. Ich muss hier raus.« Es fühlt sich dumm an, so etwas zu meinem Entführer zu sagen.

Mit den Händen an den Seiten und unverändert ausdrucksloser Miene steht er neben meinem Hocker.

Dann kommt von ihm etwas Unerwartetes. »Und wenn ich dich gehen lasse? Setzt du deinen Rachefeldzug fort?«

Ich kämpfe noch damit, zu verarbeiten, dass er mich wirklich gehen lassen würde. »Was juckt dich das?«

»Du gehörst mir.«

»Ich bin kein Besitz ...« Unwillkürlich bin ich stehen geblieben. Ein Fehler. Denn im Nu überwindet er den Abstand zwischen uns und drängt mich an die Wand zurück. Finster starre ich zu ihm hoch, als er mir die Hand um die Kehle legt.

»Du gehörst mir. Und ich dir.« Kurz verkrampfen sich seine Finger, dann lässt er mich los. »Aber du siehst nur deine Rache, denkst an nichts anderes.«

»Nicht Rache. Vergeltung. Für jemand anders.«

»Wirklich? Was hat deine Mutter davon, wenn du ihren Mörder umbringst?«

Meine Brust hebt und senkt sich so heftig, dass ein Rinnsal Blut daran hinabsickert. »Sie verdient es, gerächt zu werden.«

Victors Züge wirken wie aus Stein gemeißelt, doch seine Augen lodern wie blaue Laser. »Aber *braucht* sie es?«

»*Ich* brauche es.« Meine Stimme wird brüchig. Er hat mich offengelegt wie der sadistische Chirurg, der er ist. Ich habe keine Verteidigung mehr übrig. »Ihr Leben ist weggeworfen worden. Man hat sie behandelt, als wäre sie nichts gewesen. Aber sie war nicht *nichts*. Für mich war sie *alles*.«

»Und was würde sie denken, wenn sie ihre geliebte

Tochter jetzt sähe? Würde sie wollen, dass du so ein Leben führst?«

Scharf sauge ich die Luft ein. Victor hätte mir nicht mehr wehtun können, wenn er mir das Herz herausgeschnitten und noch schlagend vors Gesicht gehalten hätte.

»Du hast all die Jahre damit verbracht, dich zu einer Klinge zu schärfen und dich zum Projektil einer Pistole zu formen. Aber du bist mehr als das, Lula. Du kannst mehr erreichen, mehr haben.«

»Halt die Klappe«, flüstere ich und wende das Gesicht ab.

Der Boden knarrt, als er weggeht.

Die Geräusche verursacht er absichtlich, denn sonst hört man ihn selten, wenn er sich bewegt. Er lässt mich mit Galle in der Kehle und brennenden Augen zurück.

∼

VICTOR

AUF DEN MONITOREN in meinem Medienraum herrscht reges Treiben. Spiro, Joe und die anderen bewegen sich in der verlassenen Pizzeria herum. Autos brettern die Straßen entlang. Arbeiter im *Cavalli's* bessern die Wände aus, bereiten sie zum Ausmalen vor.

Ich ignoriere alles und richte den Blick auf einen Bildschirm, den wichtigsten. Im schwarzen Rahmen des Monitors sitzt Lula auf dem Bett und starrt auf die Wand. Noch ist sie nicht zusammengebrochen, doch ich merke ihr an, dass nicht viel dazu fehlt. Die Neuigkeit über ihren Bruder hat sie erschüttert, aber nicht gebrochen. Ein weiterer

Beweis dafür, dass der Tod ihrer Mutter von den Menschen ignoriert worden ist, die Vera am meisten geliebt hat.

Ihr Leben ist weggeworfen worden. Man hat sie behandelt, als wäre sie nichts gewesen. Aber sie war nicht nichts. Für mich war sie alles.

Obwohl meine Gefangene noch nicht geweint hat, wirken ihre Augen wund. Ich schreibe dem Arzt eine Nachricht, dass er sie im Blick behalten soll, bevor ich den Medienraum verlasse.

Eine Stunde später befinde ich mich gegenüber den dunklen Türen des aufgegebenen Hotels, das Spiro mir als Adresse in einem neutralen Stadtteil genannt hat. Angeblich hat Stephanos hier mein Geld hinterlegt. In einem schwarzen Seesack mit unmarkierten Scheinen. Ob bei dem Geld auch der Mann sein wird, vermag ich nicht zu sagen.

Statt wie angewiesen einzutreten, erklimme ich die Feuerleiter eines nahen Gebäudes hinauf zum Dach und kundschafte die Gegend aus. Dort kann ich eine Scharfschützenposition einnehmen und auf die Übergabezone hinabschauen. Auch wenn ich keine Schusswaffe dabeihabe.

Einige Minuten vergehen. Obwohl ich zu früh dran bin, sagt mir ein Gefühl, dass mein Kunde noch früher hier gewesen ist.

Der Mond wandert über den Himmel. Eine Ratte steckt den Kopf aus einem Loch und bewegt sich langsam in Richtung eines Müllcontainers.

Ein Streichholz flammt eine Sekunde lang in der Dunkelheit auf, bevor es gelöscht wird, doch das genügt. Zurück bleibt das winzige, rötlich-golden glimmende Auge einer Zigarette.

Und da ist er. Breite Schultern, rasierter Kopf.

Ich warte in den Schatten und überlege mir die weitere Vorgehensweise.

15

Lula

VICTOR LÄSST MICH ALLEIN. Für Stunden. Vielleicht für Tage. Ich versuche, die Tür zum Flur aufzubrechen, durch die er verschwunden ist, allerdings ohne Erfolg. Sogar ins Verlies versuche ich einzubrechen. Ich stelle mich auf einen Hocker und nehme die Lüftungsöffnung in Augenschein, aber sie ist zu klein, um mehr als eine Hand hineinzubekommen, außerdem mit einem Stahlgitter bedeckt. Da es mir zu heikel ist, an der einzigen Quelle frischer Luft in meinem bequemen Gefängnis herumzuhantieren, lasse ich davon ab.

Mir bleibt nichts anderes, als mich aus dem Kühlschrank zu bedienen, die bereitgestellten Schmerztabletten einzunehmen und mir auszumalen, was ich mit meinem Bruder anstellen werde, wenn ich ihn in die Finger bekomme.

Ich weigere mich, an Victor zu denken. Er bedeutet mir nichts. Der Mann ist nie mehr als mein Entführer gewesen. Mein Feind. Und wenn ich ein Projektil für eine Pistole, ein Dolch mit vergifteter Schneide bin, dann will ich ihn verstümmeln. Ihn töten.

Gelegentlich schlafe ich unruhig und träume von einem Auftragsmörder mit silberblondem Haar und Schatten unter den Augen. Irgendwann wache ich auf, und die Tür zu dem langen Flur steht offen. Aber er ist eine Sackgasse. Dort sind nur weitere verriegelte Türen, eine Puppe für Angriffsübungen und ein paar Messer.

Ich könnte meine Wut in die Wände und verschlossenen Türen ritzen. Stattdessen trainiere ich wie besessen, lege nur Pausen zum Essen oder Schlafen ein. Ohne Fenster oder Uhr weiß ich nicht, ob ich jahrelang schlafe oder nur ein Nickerchen mache. Im Schlafzimmer ist es so dunkel wie in einem unterirdischen Bunker. Oder einer Gruft. Darüber darf ich nicht zu viel grübeln, sonst verliere ich den Verstand.

Ich schlafe mit einem Messer in der Hand. Nach einer bestimmten Schlafphase wache ich auf und weiß instinktiv, dass ich nicht allein bin. *Er* steht in den Schatten, trägt einen dunklen Anzug.

Jäh springe ich auf, das Messer vor mich gestreckt.

»Ah, du bist wach«, sagt er, als wäre ich nicht bereit, auf ihn einzustechen. »Zieh dich an.« Er nickt zum Fußende des Betts, wo er ein schwarzes Kleid und einen langen, hellbraunen Trenchcoat bereitgelegt hat.

Kleidung. Zum ersten Mal seit ... seit ich hier bin.

»Warum?«

»Ich dachte mir, du hättest vielleicht Lust, eine Party zu besuchen.«

»Was für eine Party?«

»Bei *Cavalli's*. Dort warst du schon mal. Erinnerst du dich?«

Ich erinnere mich an Rauch, an das Gebrüll der Pistole. An kühle Luft, die unter dem Trenchcoat um meine nackten Beine geweht ist.

»Worum geht's hier?« Sobald ich die Frage ausgesprochen habe, rast mein Verstand durch die Möglichkeiten und spuckt die wahrscheinlichste Antwort aus. »Stephanos wird dort sein.« Meine Stimme klingt tonlos.

»Gut möglich. Weißt du, er schuldet mir etwas. Und ich treibe immer ein, was man mir schuldet. Er will sich mit mir treffen.« Victor beugt sich vor und streicht das aufreizende schwarze Kleid glatt, das er für mich bereitgelegt hat. »Wie sich herausgestellt hat, bist du ein hervorragendes Druckmittel.«

Mein Herz sackt mir zu den Knien. Jede Hoffnung, dass Victor doch nicht zu denen gehört, wird mir genommen.

Und Victor dreht weiter das Messer in der Hand. »Ich habe ihm gesagt, dass ich dich habe. Zuerst hat er mir nicht geglaubt. Aber dann habe ich ihm Videomaterial gezeigt.«

Ich schließe die Augen. Natürlich hat er das. Wie viele Stunden hat er von mir, wie ich gefesselt bin, in den Käfig eingesperrt, nackt und ausgepeitscht? Mein größter Feind hat meine größte Demütigung gesehen. Ich könnte kotzen.

»Jetzt hat er zugestimmt, sich mit mir zu treffen – unter der Bedingung, dass ich dich zu ihm bringe.«

Am liebsten würde ich ihm die Augen ausstechen. Das könnte ich, wenn ich stärker und schneller wäre. Wenn mein Gegner nicht Victor wäre.

»Das war's also?« Meine Brust hebt und senkt sich heftig. Die kaum verheilten Male darauf dehnen sich. Male, die nichts bedeuten. »Du wirst mich ihm einfach ausliefern?«

»Natürlich nicht. Du gehörst mir.« Sein Blick schnellt zu dem Verband an meiner Brust. Er hat mir seine Initialen eingeritzt wie ein Schuljunge seinen Namen in seinen Tisch. Das bedeutet aber nicht, dass er mich besitzt.

Eines Tages wird er das herausfinden.

»Stephanos wird dich nicht anrühren.«

Ich schnaube höhnisch. »Soll mich das beruhigen?«

Victor kommt näher. Der eindringliche Blick seiner bleichen Augen bannt mich. Er packt mich am Handgelenk, drückt auf eine Stelle, die meine Finger unwillkürlich zucken lässt, und ich lasse das Messer fallen.

Er fängt es auf und hält es hoch. So blitzschnell, dass meine Augen den Bewegungen nicht folgen konnten.

»Ich habe dir noch viel beizubringen. Aber diese gemeinsame Zeit ist zu Ende. Du musst jetzt eine Entscheidung treffen.« Er wirft das Messer so, dass sich die Spitze ins Kopfteil des Betts bohrt und vibrierend darin stecken bleibt. Das Bett selbst steht in der Mitte des Raums. Halb rechne ich damit, dass es sich durch die Schwere des Augenblicks und die Wucht der darin eingeschlagenen Klinge in zwei Hälften teilen wird. Als das nicht geschieht, drehe ich mich wieder meinem Erzfeind zu. Er ragt über mir auf, das halbe Gesicht im Licht, das halbe im Schatten. Als er das Wort ergreift, höre ich zugleich den eisigen Tonfall des Psychopathen und das leise, hoffnungsvolle Murmeln eines Liebenden.

»Also muss ich dir eine Frage stellen. Lula ... vertraust du mir?«

∼

Victor

. . .

JOE FÄHRT UNS ZUM RESTAURANT. Lula sitzt mit einer Binde aus schwarzer Seide über den Augen neben mir auf der Rückbank. Als ich sie die ersten Schritte nach draußen geführt habe, hat sie das Gesicht der Sonne zugedreht. Sie ist dünner als bei ihrer Ankunft, aber nicht viel. Ich habe sie gut mit Essen versorgt. Ihr Körper ist lediglich härter geworden. Unter den Augen hat sie dunkle Ringe durch einen Mangel an Vitamin D – und durch den Entzug von Umgang mit Freunden und Angehörigen, durch zu wenig Freude.

Ich kann ihr nicht alles geben, selbst wenn ich es wollte. Aber vielleicht trotzdem genug.

Sie hat zugestimmt, mir zu vertrauen. Allerdings hat sie sich dabei keine Mühe gegeben, einen spöttischen Unterton zu vermeiden. Aber sie ist hier, sitzt mit steifem Rücken neben mir und sieht wunderschön in dem eleganten schwarzen Kleid aus, das ich ihr bereitgestellt habe. Ich kann nur hoffen, dass wirklich ein Funken Vertrauen für mich in ihr steckt. Vielleicht.

Oder vielleicht belügen wir uns beide selbst.

Joe hält direkt vor der Tür, und ich helfe Lula beim Aussteigen. Sie rümpft die Nase. Wahrscheinlich riecht sie den schalen Zigarettengestank, der die Abendluft verpestet. Drinnen erwarten uns die angenehmeren Gerüche von Butter und Knoblauch. Spiro hatte dabei mitgemischt, neues Küchenpersonal einzustellen, was für eine gewaltige Verbesserung gegenüber der früheren Zustände bei *Cavalli's* gesorgt hat.

Die Einrichtung besteht immer noch aus den gleichen ausgebleichten Teppichen und alten Möbeln. Aber die Wände sind frisch gestrichen und wiesen keine Einschusslöcher mehr auf. Ich ziehe Lula in Richtung des Hinterzimmers. Unterwegs bleibe ich im schattigen Flur stehen und nehme ihr die Augenbinde ab.

Kurz blinzelt sie, dann lässt sie die Umgebung mit dem aufmerksamen Blick einer Jägerin in unbekanntem Terrain auf sich wirken.

Aus dem Raum vor uns dringen leises Gelächter und raunende Männerstimmen.

»Bereit?«, frage ich.

Sie zuckt mit den Schultern und wappnet sich sichtlich. Ich ziehe sie unter dem Vorwand, den Kragen ihres Mantels zu richten, näher zu mir.

»Tu das für mich«, flüstere ich ihr ins Ohr. »Dann gebe ich dir alles, was du willst. Und mehr.« Ich weiche zurück und betrachte ihren Gesichtsausdruck, doch er bleibt leer und abwesend. Er erinnert mich an meine eigene Miene im Spiegel.

Vielleicht habe ich ihr mehr beigebracht, als ich hätte sollen.

»Etwas hast du vergessen.« Sie trägt meinen hellbraunen Trenchcoat. Ich fasse in eine Tasche und hole einen Lippenstift mit silbriger Verpackung heraus. Um keine Grimasse zu schneiden, presst sie die Lippen fest zusammen, lässt sie jedoch von mir färben. Ein Hauch Rot in ihrem farblosen Antlitz. Kriegsbemalung. »Jetzt bist du bereit.«

»Du willst mich nicht fesseln?« Sie hebt die Arme, präsentiert mir ihre Handgelenke.

»Ich denke, du wirst dich benehmen. Dafür ist der Einsatz zu hoch, die mögliche Belohnung zu groß.«

Ihre Augenbrauen zucken, aber ihre Stirn glättet sich, bevor ich nach ihren Gedanken fragen kann. »Bringen wir es hinter uns.«

»Wie du willst.« Ich führe sie in den Raum, in dem sie Stephanos zuletzt gestellt hat. Laut Spiro ist er weitgehend unverändert, nur hat man nicht benötigte Tische und Stühle zur Seite geschoben. Mehrere Männer lümmeln um den langen Tisch an der gegenüberliegenden Wand. Sie verstummen, als wir uns nähern.

»Lucrezia Romano, das sind meine neuen Freunde. Spiro, Uzi, Kill Zone.« Jeder steht auf, als ich seinen Namen nenne. Fünf Neue sind auch dabei, alle von Spiro überprüft. Er hat sich für sie verbürgt. Zur Ergänzung meiner Vorstellung sagt er: »Und Joe ist hinten draußen. Er kommt gleich.«

Lula steht schweigend da, verlagert das Gewicht leicht von einem Bein aufs andere. Ich behalte eine Hand an ihrem Ellbogen.

»Wollen wir?« Schwungvoll deute ich auf den Tisch, und die Männer geben einen Platz für uns frei. Ich führe sie hin, lasse sie den in der Mitte einnehmen. Den Ehrenplatz, allerdings ist sie dadurch zwischen mir auf der einen Seite und Spiro auf der anderen eingekeilt.

»Freut mich, Sie kennenzulernen, Ms. Romano«, sagt Kill Zone nach einem nervösen Blick zu mir.

Mit unverändert angespannter Kieferpartie knickt sie steif. Sie versucht noch, sich zusammenzureimen, was vor sich geht. Von Stephanos fehlt jede Spur. Auch von Bruno.

Lula sitzt mit den Händen auf dem Schoß da. Die langen Ärmel meines Mantels ragen über ihre Fingerspitzen hinaus. Ich habe nicht angeboten, ihr den Mantel abzunehmen, weil sie sich darin vielleicht sicherer, weniger ungeschützt fühlt. Außerdem sehe ich sie gern in meinen Sachen. Es ist völlig anders gegenüber dem letzten Mal, als sie mit meinem Mantel hier aufgekreuzt ist. Diesmal bekommt niemand ihren nackten Körper zu Gesicht.

Schließlich wird die Hintertür geöffnet und quietschend wieder geschlossen. Alle werden angespannt, aber es ist nur Joe. Er kommt herein. »Tut mir leid, dass ich spät dran bin.

Geschäfte.« Er wirft mir einen bedeutungsvollen Blick zu.

Spiro ergreift das Wort. »Das Küchenpersonal hat seine Anweisungen.«

»Keine Probleme?«, frage ich und lege die Hand auf Lulas starres Knie.

»Nein. Sie sind bald so weit.« Er nimmt eine Weinflasche und entkorkt sie. »Etwas zu trinken, während wir warten?«

Lula rührt sich nicht, doch ich deute mit dem Kopf auf ihr Weinglas. Er beugt sich zum Einschenken vor, und die Männer um uns herum entspannen sich ein wenig. Zwar bleibt eine erwartungsvolle Atmosphäre der Bereitschaft bestehen, aber einige zünden sich Zigaretten an oder nippen an ihren Getränken. Uzi stellt den Kolben seiner Waffe auf den Boden und lehnt sie an seinen Stuhl.

Einer der Neuen legt den Kopf schief und sieht dabei Kill Zone an. »Kill Zone? So heißt du?«

»So nennt man mich.« Kill Zone zuckt mit den Schultern. »Ich spiele mit dem Gedanken, es auf Killz abzukürzen.«

»Killz?« Spiro schnaubt. »Gibt's nicht 'ne Farbenmarke, die so heißt? Die gut gegen Schimmel ist?«

»Ja«, bestätigt Kill Zone.

Ein Laut wie von Sandpapier ertönt, als sich Joe das stoppelige Kinn kratzt. »Der Scheiß ist super.«

Am Haupteingang erscheint ein Kellner, der einen Speisewagen schiebt. Darauf befindet sich ein riesiges Tablett, bedeckt mit einer silbrigen Essensglocke. Die Blicke aller Anwesenden heften sich darauf. Der Kellner ist ein junger Mann mit einem langen Hals. Sein Adamsapfel hüpft beim Schlucken. Unter den Rötungen durch Akne ist sein Gesicht kreidebleich.

»Ich mache das«, verkündet Joe, dämpft seine Zigarette aus und geht hinüber, um den Wagen zu übernehmen. Der

Kellner übergibt ihn an Joe, der ihn direkt vor Lula und mich schiebt. »Nur zu«, sage ich zu ihr mit einer einladenden Geste. »Der Hauptgang. Ich habe ihn selbst beschafft.«

Mit leicht gerunzelter Stirn greift sie nach der Glocke. Und zögert. Mit sichtlicher Willensanstrengung hebt sie die Silberglocke an.

Einige Augenblicke lang starrt sie auf den Inhalt. Obwohl Spiro im Voraus darüber Bescheid gewusst hat, atmet er scharf ein. Kill Zone und Uzi murmeln Flüche. Einer der Neuen, dessen Namen ich bereits vergessen habe, wankt in die Ecke und würgt dort leise.

Joe hinter dem Wagen schaut weg.

Aber nicht Lula. Ihre Augen weiden sich an dem grausigen Anblick. Dann senkt sie die Silberglocke langsam wieder über den abgetrennten Kopf von Bruno, Stephanos' rechter Hand. Es ist nicht so schlimm, wie es hätte sein können. Nachdem ich ihn in die Enge getrieben und erdrosselt hatte, habe ich einen Großteil des Bluts abfließen lassen.

Lula dreht sich mir zu und sieht mich an. Sie ist gerötet und atmet schwer, als wäre sie eine Treppe hochgerannt, aber sie versucht, ihre Emotionen zu kontrollieren. Ich kann die Frage in ihren Augen sehen. *Warum?*

»Entschuldigt uns«, ergreife ich das Wort. »Wir brauchen einen Moment.«

∼

LULA

. . .

Victor scheucht mich in einen dunklen Raum. Als flackernd das Licht angeht, stelle ich fest, dass es sich um eine Toilette handelt. Falls ich mich übergeben muss?

Eine schnelle Bestandsaufnahme verrät mir, dass ich mich nicht flau fühle, nur wie benommen. Vorsichtshalber stütze ich mich mit den Händen am Waschbecken ab. An dem Ort ist es sauberer als früher. Das hätte ich nicht erwartet. Aber dasselbe gilt für alles andere heute.

Ich habe damit gerechnet, dass Victor mich Stephanos vorführt wie eine abgerichtete Sklavin. Ich habe mit Folter oder Demütigung gerechnet.

Nichts hätte mich auf den Anblick des Kopfs eines Mannes auf einem Tablett vorbereiten können. Victor steht wie damals hinter mir, als wir es zum ersten Mal in seinem Badezimmer getrieben haben. Ich sehe ihm im Spiegel in die Augen. Mein Gesicht ist bleich, nur die so roten Lippen stechen daraus hervor. »Du hättest mich vorwarnen können.«

»Hättest du mir denn geglaubt?«

»Scheiße, nein.« Ich schüttle den Kopf. Das ist nicht meine Realität. Ich habe keine Ahnung, was vor sich geht. »Du hast Bruno umgebracht.« Zumindest glaube ich, dass es Bruno ist. Die erschlafften Züge waren nicht einfach zu erkennen, aber der rasierte Schädel hat riesig gewirkt. Und wer könnte es sonst sein?

Da Victor es nicht leugnet, gehe ich zur nächsten Frage über. »Warum?«

»Weil er auf dich geschossen hat«, antwortet Victor mit knurrendem Unterton. Hoch auf den Wangen schillern Flecke, so rot wie meine Lippen. »Er hätte dich beinah umgebracht. Du hättest sterben können.«

»Ich dachte …« Alles Mögliche. »Ich dachte, du würdest …« Da ich nicht weiß, was ich eigentlich sagen will, verstumme ich.

Victor dreht mich zu sich herum. Er ist wunderschön, eine brutale Naturgewalt. Ein Schneesturm. Ein heranrasender Eisberg. Auch wenn ich ihn nicht verstehe, er ist immer ehrlich darüber gewesen, wer er ist. »Ich habe dir gesagt, du sollst mir vertrauen, dann gebe ich dir alles. Das musste ich dir beweisen. Und jetzt hast du den Beweis.«

Ich glotze ihn an. Es fühlt sich an, als wäre meine Kinnlade bis zum Boden aufgeklappt. Schließlich frage ich erneut: »Warum?«

»Das weißt du. Weil du für mich alles bist.« Obwohl er meine Wange zärtlich berührt, erschrecke ich dabei. »Ich weiß nicht, was Liebe ist. Aber ich weiß, dass ich jeden Mann und jede Frau auf der Erde abschlachten und dir ihre Köpfe auf einem Tablett servieren würde, wenn ich dich dadurch zum Lächeln bringen kann.«

Massenmord. Wie romantisch. »Da ... Tu das nicht.« Ich bin noch dabei, zu verarbeiten, dass er mich offenbar doch nicht vernichten will.

Er rückt näher, drängt mich gegen das Waschbecken und drückt mir etwas in die Hand. Ein Messer. Automatisch verlagere ich es so, dass ich es richtig halte.

»Verstehst du denn nicht?« Er ergreift meine Hand und führt das Messer an seine Kehle. »Ich würde mir von dir das Herz herausschneiden lassen, wenn du das wolltest.«

Er entfernt die Hand, doch einen Moment lang halte ich die Klinge weiter an seiner makellosen, blassen Haut.

Jetzt könnte ich es tun. Ich könnte ihn töten.

Als er weiterredet, muss ich den Druck verringern, um ihn nicht zu schneiden. »Ich musste beweisen, dass ich deiner würdig bin, bevor du mir vertrauen könntest. Mich lieben.«

Ich muss mich bremsen, um nicht instinktiv zu entgegnen: *Ich liebe dich nicht.* Denn Victor hat mir eingebläut, nicht zu lügen. Nicht ihm gegenüber. Nicht mir selbst gegenüber.

Meine Hand spannt sich an, und ich drücke die Schneide zu fest an seine Haut. Ein dünner Schnitt erscheint. Blut sickert hervor. Rasch lege ich das Messer weg, bedecke die Wunde und versuche, die Blutung zu stillen. »Oh. Oh nein ...«

Er fängt meine Hand ab. Den Schnitt bemerkt er entweder nicht, oder er schert sich nicht darum. »Lucrezia. Liebste. Sag mir, was du von mir willst, und ich sorge dafür, dass es geschieht. Über die Bande da draußen« – er deutet mit dem Kopf zur Tür – »kannst du befehlen. Oder ich bringe sie alle um.« Er sagt es so beiläufig, dass ich zusammenzucke. Dann legt er mir die Hand auf die Wange. Von seinem Hals fließt immer noch Blut. Obwohl der Schnitt nicht tief ist, quillt so viel daraus hervor. Falls Victor es bemerkt, achtet er nicht darauf.

Stattdessen streicht er mit dem Daumen über meinen Wangenknochen. »Ich würde jeden auf der Welt umbringen, wenn du wolltest.« Er klingt dabei so selig, dass es verstörend ist. »Sag nur ein Wort. Du kannst mir jetzt die Kehle durchschneiden, und ich wäre glücklich, weil du es getan hast, Lula. Du wirst immer alles für mich sein.«

Mein Atem wird rasselnd. Vorhin hatte ich das Gefühl, vergiftete Messer in der Kehle zu haben, doch jetzt sind sie verschwunden. In meiner Brust schwelt nach wie Sehnsucht, als könnte nichts sie je lindern, aber ...

Ich stemme mich auf die Zehenspitzen und ziehe seinen Kopf herab, damit ich seine Lippen erreichen kann. Er packt mich am Revers des Mantels, den ich trage, und zieht mich hoch, um meinen Mund zu erobern.

Wir küssen uns, bis ich gegen ihn brande. Das

Verlangen in mir breitet sich durch meine Mitte in die Gliedmaßen aus.

Er legt die Hände auf meine Schultern und schiebt mich eine Spur zurück. Zwischen uns sind nur Millimeter. »Tod oder ich. Das sind deine Optionen.«

»Dein Tod oder meiner?«, murmle ich an seinen Lippen.

»Ich will nicht allein in dieser Welt leben. Ohne dich, Lula, könnte ich genauso gut tot sein.«

Ich ziehe mich zurück. Der Stich an seiner Kehle verursacht eine üble Sauerei. Mit einem leisen Fluch greife ich mir ein Papiertuch, um ihn zu säubern. Er hält still, lässt es zu, beobachtet mich dabei mit einer geradezu schmerzlichen Zärtlichkeit.

Mögen die Schicksalsgötter uns beistehen. Ein kleiner Teil von mir könnte ihn tatsächlich lieben. Und das ist genug.

Aber eins nach dem anderen.

Ich richte mich auf und werfe das blutige Papiertuch in den Müll. Dann hebe ich das Messer auf, teste dessen Gewicht in der Hand. »Wo ist Stephanos?«

»Abgetaucht wie die Ratte, die er ist. Soll ich dich zu ihm bringen?«

»Ja.«

Er lächelt und ergreift meine Hand. Die ohne das Messer. »Dann lass uns gehen.«

16

L*ula*

Die Fahrt weg von *Cavalli's* ist völlig anders als die vor einer bloßen Stunde.

Diesmal entspanne ich mich auf dem Rücksitz mit Victor und halte seine Hand. Keine Augenbinde. Ich habe ihm das Messer zurückgegeben, er mir meine Sig Sauer. Das Gewicht der Pistole fühlt sich seltsam, aber vertraut an.

Zwei der Männer sitzen vorn. Joe und Spiro. Wie zuvor sitzt Joe hinter dem Steuer und bleibt auf Nebenstraßen.

Wir fahren gerade durch eine Gasse, als ich die silbrige Fassade des Gebäudes vor uns erkenne.

»Halt hier kurz an«, sage ich. »Bitte.«

Joe wirft einen Blick in den Innenspiegel, und Victor nickt. Langsam kommt das Auto zum Stehen.

Die Hintertür des *Three Diner* öffnet sich, noch bevor ich ausgestiegen bin. Zwei der Besitzerinnen begrüßen mich.

Die große junge Frau mit der dunklen Brille und die winzige weißhaarige mit den verwitterten Händen. Die Umrisse einer dritten, die rund und mütterlich wirken, verharren an der Tür.

»Sie sind zurück«, sagt die junge Frau mit dem Ansatz eines Lächelns. Dabei legt sie den Kopf schief, als würde sie entweder in den Himmel blicken oder weit entfernter Musik lauschen. »Und Sie sind nicht allein.«

»Richtig.« Da ich nicht weiß, was ich sonst noch sagen soll, warte ich eine unangenehme Gesprächspause ab.

»Du bist bereit, Tochter der Vera«, ergreift die Weißhaarige das Wort.

Meine Kehle fühlt sich wie zugeschnürt an, als ich nicke.

»Dann geh. Das Schicksal wird dir gewogen sein.«

Kaum bin ich wieder hinten ins Auto gestiegen, fährt Joe weiter. Victor nickt den beiden Frauen zu und winkt ihnen kokett.

Sobald sie außer Sicht sind, beugt er sich vor und mustert mein Gesicht. »Hast du bekommen, was du gebraucht hast?«

»Ja«, antworte ich, bevor ich ergänze: »Aber nicht von ihnen. Ich habe schon, was ich brauche.«

»Fast«, korrigiert er mich und hält eine Silberkette hoch. Von seiner Handfläche baumelt der Schwertanhänger.

Ich würde ihn ja verwünschen, aber ich bin zu glücklich, meine alte Halskette wiederzusehen. Damit er sie mir anlegen kann, hebe ich mein Haar. Er lässt sich Zeit dabei und fingert daran, bis das Schwert auf meinem Brustbein ruht.

Und allzu bald erreichen wir ein uraltes gemauertes Lagerhaus nur wenige Häuserblocks vom Hafen entfernt. Ich kenne die Gegend. »Das ist Vesuvi-Territorium.«

»Ja. Stephanos hat überall in der Stadt solche Unterschlupfe. So hat er bisher überlebt.« Er klopft seine Kleidung ab. Vermutlich überprüft er damit seine versteckten Messer. »Er ist da drin.«

Das ist er. Der Moment, auf den ich mich mein Leben lang vorbereitet habe.

Für eine Sekunde drücke ich mir das Schwert an die Haut, bevor ich Victors langen Mantel abstreife. Dann nehme ich mir die Zeit, meine Glock zu überprüfen. Vorn tun es mir Joe und Spiro gleich.

»Hier.« Victor hält eine schwarze Weste hoch. Ich schlüpfe hinein, er schließt sie vorn.

»Die Kameras da haben wir deaktiviert«, teilt Spiro mir mit und zeigt auf die silbrigen oder schwarzen Geräte an den Traufen der umliegenden Gebäude. »Aber drin wird er weitere haben.«

»Danke.«

Auf mich senkt sich eine Schwere, die nichts mit dem Gewicht der Weste zu tun hat. Die der Realität. Als ich die Autotür öffne, ist der Himmel über mir so blau, dass ich weinen könnte. Die Schatten zu meinen Füßen sind dunkel und tief, und ich kann jedes zwischen mir und der Lagerhaustür in der Luft schwebende Staubkörnchen sehen.

Kaum bin ich ausgestiegen, taucht Victor an meiner Seite auf. »Ich komme mit.«

»Natürlich.« Er hat deutlich zum Ausdruck gebracht, dass er mich in seiner Nähe behalten will. Ob er mich liebt oder für sein Eigentum hält, spielt keine Rolle.

Er setzt eine schwarze Skimaske auf und schleicht voraus. Nachdem er mir bedeutet hat, zu warten, drückt er mit einer Hand gegen die schwere Stahltür. Sie öffnet sich ohne Widerstand und geräuschlos. Ist er vorher hergekommen und hat die Angeln geölt? Wundern würde es mich nicht.

Als ich zu Victor aufschließe, beugt er sich zu mir. Sein Flüstern versetzt kaum mein Haar in Bewegung. »Er steht auf Fallen, aber hier werden nicht viele sein. Er hatte wenig Zeit, welche zu legen. Bis vor Kurzem hat er sich woanders versteckt. Erst die jüngsten Ereignisse haben ihn aufgescheucht.«

Die jüngsten Ereignisse. Victor, der Bruno getötet und mir seinen Kopf auf einem Tablett präsentiert hat. Wie ein grausiges Valentinsgeschenk.

Da kann ich nicht anders. Ich sehe Victor mit einem verhaltenen Grinsen an. Er zieht die honigblonden Brauen hoch und gibt mir ein Zeichen. *Komm her.*

Zur Antwort halte ich Daumen und Zeigefinger zusammen, bevor ich das Lagerhaus betrete, die Glock fest in der Hand. Die Waffe ist entsichert und vor mich gestreckt. Die Weste, die Victor mir gegeben hat, ruht wie ein Stein auf meiner Brust, doch ich begrüße das Gewicht. Es hält mein Herz davon ab, auszubrechen und davonzufliegen.

Aber ich bin ruhig und konzentriert, als ich tiefer in das Versteck meines Feinds vordringe.

Ich brauche weder Glück noch Schicksal.

Denn ich habe Victor.

Drinnen bedeutet er mir, nach links zu gehen. Zwar leiert irgendwo rechts ein Fernseher, aber ich vertraue ihm. Ein rascher Blick auf den Betonboden zeigt mir leichte Fußabdrücke im Staub und das Funkeln eines Stahldrahts.

Die erste Falle.

Wir umrunden einen riesigen Container, und ich bleibe stehen, als Victor es mir anzeigt.

Er deutet auf eine Kamera über ihm. Wir kehren um und suchen uns einen anderen Weg zwischen gestapelten Kisten hindurch, vorbei an einigen großen Maschinen, zusammengeklappt wie die Kadaver gigantischer toter

Insekten. Victor weist mich auf mehr weitere Kameras und eine zweite Falle hin – und auf ein Fleckchen mit aufgewirbeltem Staub, der irgendeine Metallplatte zu bedecken scheint. Auf Schritt und Tritt benutzt er die Handzeichen, die er mir während meiner Gefangenschaft beigebracht hat, um mich wohlbehalten vorwärtszuführen. Vorsichtig schieben wir uns an der dritten Falle vorbei, während ein Sprecher im Fernsehen ein Baseballspiel moderiert.

Wir bemühen uns zwar, nicht zu viel Staub aufzuwirbeln, trotzdem treibt er dicht in der Luft. Ich atme durch den Mund und zwinge mich, nicht zu niesen.

Die TV-Geräusche dringen aus einem kleinen Raum vor uns. Die verdreckten Fenster des ehemaligen Lagerleiterbüros dämpfen das gelbliche Licht, dennoch sticht es wie ein Leuchtfeuer mit Tonuntermalung in der vergessenen Halle hervor. Mehrere Fußspuren führen von dort in den hinteren Bereich zu einem Ausgang, einer Toilette oder beidem. Victor und ich schleichen außen herum, bis wir die Tür erreichen. Durch sie sehen wir kerzengerade in den beengten Raum. Er enthält ein Regal mit einer Mikrowelle oben und einem Miniaturkühlschrank unten. Den Boden übersähen Behälter von Essenslieferungen und leere Kartoffelchipstüten. Am Rand des Blickfelds lümmelt mit versifften Pantoffeln auf einer durchhängenden Couch ... Stephanos.

In einer Jogginghose sitzt er da, schaut fern und stopft Chips in sich rein. Immer noch am Leben, nachdem er das meiner Mutter ausgelöscht hat.

Victor zieht langsam, damit ich es sehen kann, ein langes Messer. Ein gutes Wurfmesser. Er deutet an, es auf eine der Fallen hinter uns zu schleudern. Der Lärm wird Stephanos aufschrecken und aus seinem Nest locken.

Direkt in die Schusslinie.

Ich nicke und hebe die Glock an. Victor schleicht vorwärts, und ich verkneife mir ein Zischen. Er bewegt sich näher hin, um die Falle besser ins Visier nehmen zu können. Aber auch, um andere versteckte Ausgänge abzudecken, die Stephanos benutzen könnte. Instinktiv möchte ich ihn zurückrufen, doch ich tue es nicht.

Ich vertraue ihm.

Er holt mit dem Messer aus und hält inne. Ich verstärke den Griff um die Waffe.

Sein Wurf fällt so schnell und zielsicher aus, dass ich die Klinge nicht sehe. Aber kaum hat es den Stolperdraht getroffen, ertönt ein misstönendes Schwirren, und ein Kistenstapel stürzt um.

Stephanos springt auf und rast durch die Tür heraus auf mich zu. Sein gelb-weißes Hemd füllt meine Sicht aus. Ich wappne mich und ziele.

Peng!

Die Wucht des Schusses vibriert durch meinen Arm. Beißender Rauch steigt mir in die Nase. Wieder und wieder feuere ich, während der Lärm durch meine Ohren dröhnt. Der Takt der Waffe fühlt sich wie ein steter Herzschlag an meiner Handfläche an. Vor mir zuckt und tanzt Stephanos durch einen Schleier grauen Wölkchen.

Dann – ein Donnerschlag und explosive Hitze, die mich nach rechts taumeln lassen. Die Welt verstummt bis auf das Klingeln in meinen Ohren.

Etwas erfasst mich und reißt mich zu Boden. Das Gewicht ist nicht brutal oder zu schwer, und als sich der Staub verflüchtigt, erkenne ich, worum es sich handelt. Victor. Er bedeckt mich mit seinem riesigen Körper.

Gleich darauf ist er auf den Beinen, zieht mich vom Boden hoch und drängt mich in einen sicheren Winkel. Die Glock halte ich vor mich gestreckt auf die wallende Staubwolke hinter ihm gerichtet. Ich gebe ihm so Deckung wie zuvor er mir.

Mein Rücken stößt gegen eine Ecke, und ein Atemzug entweicht mir. Der Lagerbereich, in dem wir uns befinden, ist völlig zerstört. Schwaden aus Sägemehl drohen, mich zum Husten zu bringen. Trümmer übersäen den Boden.

»Stephanos?«, bekomme ich irgendwie hervor, ohne mich an den dicht in der Luft treibenden Partikeln zu verschlucken.

»Verletzt, aber er hat es geschafft, die Explosion auszulösen.« Dann verstummt er, und wir hören es beide – rasselnde Atemzüge, nur wenige Schritte entfernt.

Die Jagd ist noch nicht vorbei.

Victor hilft mir, über zersplittertes Holz hinwegzusteigen und näher zu meiner Beute zu gelangen.

Stephanos zeichnet sich undeutlich als Schemen am Boden ab. Ächzend versucht er, ein Bein unter einem abgestürzten Stahlbalken hervorzuziehen. Gefangen von der Explosion, die er selbst ausgelöst hat.

Ich bleibe stehen und schaue zu Victor auf, warte auf sein Zeichen. Seine Skimaske ist nicht mehr schwarz, sondern grau vor Staub.

Nach einem Rundumblick hebt er die Hand, führt Zeigefinger und Daumen zusammen, gibt mir grünes Licht.

Ich strecke ihm meine Glock hin. Er versteht auf Anhieb und tauscht sie gegen sein Messer.

Einen Moment lang stehen wir da, halten unsere Waffen und sehen uns gegenseitig in die Augen. Sein Blick fällt auf meine Lippen, als wolle er mich küssen. Mein Körper spannt sich an. *Okay*, gestikuliere ich zurück.

Sanft berührt er meinen Rücken. *Geh.*

Ich steige über ein herabgefallenes Brett und gehe auf die Stelle zu, an der Stephanos festsitzt.

Aus nächster Nähe wirkt er kleiner. Furchen durchziehen das Gesicht und die eingefallenen Wangen, Fältchen ballen sich um die schwarzen Knopfaugen herum. Seine Haut weist eine ungesunde Blässe auf, und ich erkenne, dass die Zeit und ein Herzleiden ihm eher früher als später den Garaus gemacht hätten.

Aber das ist nicht sein Schicksal.

Seine Augen werden groß, und er knirscht mit den Zähnen, als er mich erblickt. »Du.«

»Ich.« Langsam sinke ich hinab und pflanze ein Knie auf seine Brust.

Mit sägemehlbeschichteten Wimpern starrt er mich blinzelnd an. Aus nächster Nähe und so exponiert ist seine Hässlichkeit regelrecht abstoßend. Er erinnert an etwas unter einem Hervorgekrochenes. Matt schlägt er nach mir. Seine Arme sind kraftlos, geschwächt von den in seine Brust eingeschlagenen Projektilen. Unter meinem Gewicht kann er kaum atmen. Sein Körper kämpft darum, am Leben zu bleiben.

Ich setze das Messer an seiner dreckigen Kehle an und bin bereit, es so zu führen, wie Victor es mir gewissenhaft beigebracht hat. »Das ist für meine Mutter.«

～

Victor

Die Klinge funkelt, als Lula sie so einsetzt, wie ich es ihr beigebracht habe. Ich warte, das Gewicht nach vorn auf die Zehen verlagert, bis sich der Gestank von Tod ausbreitet. Erst dann ziehe ich mir die Skimaske vom Kopf, die mein unverwechselbares Haar verbergen sollte.

Langsam richtet sich Lula auf. Ihre dunkle Mähne schwingt wie ein Umhang hinter ihr. Ich muss nicht zu ihr gehen. Sie kehrt zu mir zurück und bietet mir das Messer an. Ihre Augen wirken schwarz. »Du hast recht. Es ist wirklich befriedigender.«

Blut prangt an ihrer Kieferpartie und Wange. Ich verstaue die Klinge, bevor ich vorsichtig ihr Gesicht berühre, es bald in die eine, bald in die andere Richtung neige. Am Mundwinkel hat sich ein dunkler Fleck mit dem helleren Rot ihres Lippenstifts vermischt. »Du hast da Blut …«

»Passt schon«, murmelt sie. »Ist nicht von mir.«

Ich wische es weg und bücke mich, um ihre Lippen zu erobern.

Mein dunkler Engel der Vergeltung.

Das Geräusch einer zugeknallten Tür lässt uns voneinander zurückzucken. »Was …« Sie hebt die leeren Hände. Ihre Glock habe noch ich.

»Ist schon gut«, beruhige ich sie und ziehe uns zurück in die Schatten. »Spiro hat deinen Cousin angerufen.«

»Royal?«, sagt sie, als ihr Cousin erscheint. Mit geröteten, zornigen Zügen starrt er mich an. Seine Männer verteilen sich hinter ihm, decken ihm den Rücken.

»Lula.« Er sieht sich um, entdeckt Stephanos' reglose Gestalt und blickt wieder uns an. Sein Mund öffnet sich. Aber bevor er etwas sagen kann, drängt sich jemand anders nach vorn und hebt mit einem Aufschrei eine Waffe an.

∽

LULA

. . .

ICH BEOBACHTE das Geschehen in Zeitlupe. Royal wirkt zugleich wütend, erleichtert und bereit, mir eine Standpauke zu halten. Enzo und der Rest unserer Cousins decken ihm den Rücken. Sie drehen sich der neuen Bedrohung zu.

Meinem Bruder, der durch die Trümmer anstürmt, den Blick auf Victor geheftet. »Du«, stößt er mit knurrendem Unterton hervor und reißt die Pistole hoch.

»Nein«, brülle ich und trete zwischen die beiden.

Zu spät.

Gino drückt ab, doch das Schicksal ist auf unserer Seite. Vor lauter Unachtsamkeit ist Gino über eine der Fallen gestolpert. Er kippt bereits nach vorn, als die Waffe aufbrüllt. Ich zucke zusammen, aber der Schuss geht daneben. Er trifft eine Maschine und prallt davon ab. Alle ziehen die Köpfe ein.

Royal flucht auf Italienisch. »Nehmt ihm jemand die Knarre ab.«

Enzo kümmert sich hastig darum. Gino fuchtelt wild auf dem Boden.

»*Idiota.*« Royal fährt sich mit der Hand übers Gesicht. Er wirkt müde, als er sich mir zudreht. »Lucrezia.«

»Es geht mir gut.« Ich trete vor. Sein Anblick treibt mir Tränen in die Augen. »Ich trage eine Weste. Victor ...« Ich kehre zu Victor zurück, der schweigend dasteht. Das durch den Staub dringende Sonnenlicht vergoldet seine atemberaubenden Züge. Er wirkt ruhig, vielleicht auch ein wenig traurig.

Hinter mir räuspert sich Royal, und mir wird bewusst, dass ich mitten im Gedankengang verstummt bin. Das kommt nicht oft vor.

»Victor«, fahre ich mit fester Stimme fort, »hat Stephanos gefunden. Er hat mir geholfen.«

»Dir geholfen?«

»Mich gerettet. Er hat mich gerettet.« Vor allem vor mir selbst.

Royal schaut zwischen uns hin und her. Ich merke ihm an, dass ihm der Befehl, Victor außer Gefecht zu setzen oder vielleicht sogar umzubringen, auf der Zunge liegt.

Also bedeute ich meinem wunderschönen Monster, zu mir zu kommen. Ich warte, bis er an meiner Seite steht, bevor ich die Sache klarstelle. »Ihr könnt ihn nicht umbringen«, erkläre ich Royal und den Männern meiner Familie, als ich Victors Hand ergreife. »Er gehört mir.«

17

L*ula*

DIE REGIS-VILLA IST das Herzstück von *La Famiglia*. Sie ist dunkel und voller schwerer, imposanter Möbel, ein krasser Gegensatz zum sterilen, modernen Dekor, das Victor bevorzugt. Früher hatte Royal die Temperatur immer ein paar Grad kühler als gemütlich eingestellt. Bis er seine Frau kennengelernt hat. Jetzt ist es eine Spur zu warm, aber perfekt für Leah und die dünnen Leibchen mit Spaghettiträgern, mit denen sie so gern herumläuft. Und wenn ihr beim Backen zu heiß wird, während sie Sachen in den Ofen schiebt und herausholt ... Nun ja, Royal versucht ohnehin ständig, sie aus den Klamotten zu bekommen.

Früher mal hätte ich geschworen, dass Royal nie aus Liebe heiraten würde. Manch einer mag behaupten, das hätte er auch nicht, aber ich weiß es besser. Bei verschlagenen, gefährlichen Männern nimmt Liebe stark die Züge von Besessenheit an.

Ich lehne mich an einen robusten, lederbezogenen Stuhl aus Mahagoni, betrachte die finstere Miene meines Cousins und nippe an meinem Wein. Essen habe ich abgelehnt – dafür ist mein Magen noch zu unruhig –, aber ein Glas Merlot habe ich dankend angenommen. Obwohl er nicht an den Wein heranreicht, den Victor für mich aufbewahrt.

Royal und ich haben in der vergangenen Stunde einiges besprochen. Die Familie, das Geschäft, Ginos Verrat, Stephanos' Tod und wie Victor seine Gang umgedreht hat. In vielen Punkten sind wir uns einig, aber ...

»Willst du damit sagen, ich muss diesen Mörder in meine Familie aufnehmen?«

»Ja.« Ich spiele mit dem Schwertanhänger an meiner Halskette. Meine Mutter hat ihn als Geschenk zum dreizehnten Geburtstag für mich gekauft. Früher habe ich immer ihre Gegenwart gespürt, wenn ich ihn berührt habe. Jetzt erinnert mich die Miniaturklinge an Victor.

Royal schüttelt den Kopf und brummelt auf Italienisch vor sich hin.

»Er ist ein nützlicher Aktivposten. Aber selbst wenn er das nicht wäre ...« Ich zucke mit den Schultern. »Ich will ihn.« Für Vergeltung habe ich auf alles verzichtet. Es ist an der Zeit, dass ich etwas für mich beanspruche.

»Wenn er dich verrät ...«

»Wird er nicht. So wenig, wie du Leah verraten könntest.«

Die Äußerung quittiert Royal mit einem Knurren, und ich verberge mein Lächeln. Eines Tages werde ich ihm meine Theorie darüber erzählen, wie ähnlich er und Victor sich sind.

»Ich erlaube es«, entscheidet Royal schließlich. »Unter einer Bedingung.« Er kramt in der Tasche, holt eine stumpfe Silbermünze hervor und zeigt sie hoch. Darauf ist ein stehender, langhaariger Mann mit gesenktem Haupt zu sehen, der ein Kreuz hält. Oder ist es eine Frau mit einem Schwert?

»Die hast du mir schon mal angeboten.« Ich habe sie damals nicht angenommen, weil ich eben erst David kennengelernt hatte. Und weil Royal noch dabei war, seine Machtbasis zu festigen, die alte Garde auszusortieren und sie durch neue, gut ausgebildete Männer zu ersetzen, die kein Problem damit hätten, Anweisungen von einer Frau entgegenzunehmen. Vor mir.

»Es ist an der Zeit.« Er drückt mir die Münze in die Hand. Für etwas so Kleines ist sie schwer. Sie vereint in sich das Gewicht der Familie Regis.

»Ich nehme an. Aber da Gino raus ist, verbleibt ein freier Sitz.« Als sich Victor bewährt, wäre er perfekt dafür.

»Treib's nicht zu weit.«

Grinsend wende ich mich ab. »Wenn das dann alles ist, würde ich jetzt gern Victor sehen.«

»Kein Verschwinden mehr«, warnt Royal. Er tut so, als wäre ich freiwillig in Gefangenschaft gewesen. Als hätte ich einen längeren Urlaub genossen. Wahrscheinlich ist es für ihn einfacher, so darüber zu denken. Obwohl er dasselbe mit Leah gemacht hat.

»Nein.«

Royal leert seinen Drink in einem Zug und stellt das Glas ab. Er kommt um den Schreibtisch herum an meine Seite, hält mich aber nicht auf. »Also kann ich es offiziell machen? Vor der Familie?«

»Ja. Hinter den Kulissen bin ich ohnehin schon die Familienanwältin, also kann ich es ebenso offiziell sein.« Ich bleibe stehen, drehe mich ihm zu, lasse ihn mein Gesicht ergreifen und mir von ihm die Wangen küssen.

»Dann, *Consigliere*, willkommen zu Hause.«

∼

»*CONSIGLIERE?*«, murmelt Victor auf dem Weg zum Auto. Enzo sitzt hinter dem Steuer. Joe, Spiro und der Rest von Stephanos' ehemaliger Bande werden noch durchleuchtet. Aber letzten Endes werden sie in die Regis-Ränge eingegliedert. Eine weitere meiner Handlungen als Nummer zwei in der Hierarchie der Familie Regis.

»Ja. Er will es schon seit Monaten offiziell machen. Damit ist ein Platz am Tisch von *La Famiglia* verbunden.« Früher hat Royal vor einer Abstimmung immer meinen Rat eingeholt. Jetzt besitze ich eine eigene Stimme.

»Ein Sitz ist noch frei.« Jener, der einst meinem Vater und danach Gino gehört hat. »Royal ist vorerst nicht bereit, ihn zu besetzen. Aber wenn sich vielleicht ein Außenstehender unentbehrlich für die Familie macht ...«

»Dann bin ich sicher, ich könnte nützlich sein.«

Im Auto lasse ich mich auf den Sitz plumpsen. Es ist noch nicht spät, erst kurz nach Sonnenuntergang, trotzdem bin ich müde. Royal wollte uns überreden, zum Abendessen zu bleiben, und hat damit gedroht, Leah auf uns loszulassen, aber ich konnte unsere Flucht aushandeln, indem ich versprochen habe, wir würden morgen zum Brunch wiederkommen.

Victor lässt mich ausruhen, beugt sich vor und murmelt Enzo eine Wegbeschreibung zu.

Ich muss eingedöst sein, denn als ich die Augen öffne, rollt der Wagen vor das Gebäude, das Victors Penthouse beherbergt. Dorthin hat er mich ursprünglich gebracht.

Damals hat er mich hineingetragen. Diesmal betrete ich das Haus auf eigenen Beinen, nachdem Victor mir aus dem Auto geholfen hat.

Es fühlt sich an, als wäre ein ganzes Leben vergangen, seit ich zuletzt hier gewesen bin. Stephanos ist tot. Meine Mutter ist gerächt. Die Wahrheit über meinen Bruder ist ans Licht gekommen, und er wird bestraft werden. Einen Bruder habe ich vielleicht verloren, aber einen Lover gewonnen. Victor bringt nicht nur eine Handvoll künftiger Vollmitglieder der Familie mit, sondern auch seine eigenen einzigartigen Fähigkeiten.

Unter dem Strich hat *La Famiglia* gewonnen.

Und ich habe einen persönlichen Sieg errungen.

»Wo ist das Verlies?«, frage ich Victor, als wir den Aufzug betreten. Ich habe zwar eine Theorie, möchte aber, dass er sie bestätigt.

»Im Keller.«

Ich wusste es.

Sein Finger schwebt über der Taste für das untere Stockwerk, bevor er jenen drückt, der uns nach oben befördert.

Er führt mich ins Badezimmer und platziert mich vor dem Waschbecken. Seine großen Hände wandern über mich, untersuchen mich auf Blut, blaue Flecke, empfindlichen Stellen. Bei Royal zu Hause habe ich mir im Badezimmer die Zeit genommen, die ärgsten Holzsplitter und sonstigen Rückstände von der Explosion von meinem Kleid und aus meinem Haar zu beseitigen.

Die schlimmsten Wunden stammen aus meiner Zeit in Gefangenschaft – die über meinem Herzen eingeritzten Buchstaben. Als Victor mich zu Boden gerissen hat, um mich vor der Detonation zu schützen, bin ich ziemlich hart gelandet. Dabei ist die noch empfindliche Haut aufgebrochen. Die Buchstaben haben wieder geblutet.

Ich ziehe den eckigen Ausschnitt des Kleids runter und hebe den Schwertanhänger beiseite, damit Victor den schmutzigen Verband entfernen kann. Er knurrt, als er die Male versorgt.

»Das hast du mit mir gemacht.« Ich verdrehe die Augen über seine gemurmelten Flüche. »Es wird heilen.« Als er einen frischen Verband über den Schnitten anbringen will, halte ich ihn auf. »Warte. Lass mich mal sehen.«

Ich zeige auf die in meine Brust geschnittenen Buchstaben. Das V ist am einfachsten zu entziffern. Daneben befindet sich in selber Größe ein R.

Ich habe sie schon eingehend betrachtet, als Victor mich allein gelassen hat, doch verstanden habe ich sie nicht. Das V ist offensichtlich. V für Victor. Aber der zweite Buchstabe ... »R? Wie ist dein Nachname?«

»Ich habe keinen«, erwidert er. »Nicht mehr. Da dachte ich mir, ich könnte deinen annehmen.«

Ich lasse die Hand fallen. Die Muskeln in meinem Arm fühlen sich plötzlich zu schwach an, um sie hochzuhalten. »Romano?«

»Oder Regis. Deine Mutter war eine Regis, richtig?«

»Stimmt.«

»Und somit bin ich ein Teil der Familie Regis. Wenn du und dein Cousin mich haben wollen.«

»Er wird dich akzeptieren.« Das wird er, weil ich darauf bestehen werde.

»Du hast mich vor ihm gerettet.« Zärtlich berührt er meine Wange.

»Ja.« Ich drehe mich vollständig um, stelle mich auf die Zehenspitzen und schlängle die Arme um seine breiten Schultern. Langsam ziehe ich ihn zu mir herab, bis seine Lippen die meinen streifen, und flüstere: »Wenn dich jemand umbringt, dann ich.«

Er richtet sich auf und hebt mich von den Füßen, als er meinen Mund erobert. Sein Kuss gleicht Eis und Feuer. Ich genieße Victors unbändige Kraft und reibe die bereits aufgerichteten Nippel an seiner Brust. Seine Erektion drückt gegen meinen Oberschenkel.

Er dreht sich herum und setzt mich auf den Waschtisch. Ich spreize bereits die Beine für ihn. Das Kleid, das er für mich ausgesucht hat, ist zwar körperbetont, aber recht züchtig. Der Saum endet knapp über den Knien. Ich winde mich und versuche, es hochzuziehen. Allerdings erweist es sich als zu eng und rührt sich nicht. Bis Victor mir hilft, indem er es bis zu meinem Nabel hoch entzweireißt.

»Ja«, entfährt es mir atemlos, und ich rutsche zum Rand des Waschtischs vor. Ich trage keine Unterwäsche. Er hat mir zu dem Kleid keine gegeben. Und nachdem ich so lange nackt gewesen bin, würden sich ein BH und ein Slip ohnehin komisch anfühlen.

Victor hat bereits die Hose geöffnet. An der prallen, geröteten Eichel glänzt ein Lusttropfen. Er führt sie zu meiner klatschnassen Spalte und schiebt sich ein, zwei Zentimeter in mich. Ich winde mich und versuche, mich zu dehnen, um ihn aufzunehmen. Er fädelt die Hand in mein Haar und hält mich still.

»Ich werde dir alles geben«, verspricht er. Dann versenkt er sich mit einer schnellen Bewegung in mir, pfählt mich und zieht gleichzeitig meinen Kopf zurück. In meinem Gehirn explodieren Bomben. Sofort komme ich und erzittere in seinem Griff. Er beobachtet mich mit seinem eisigen Blick.

»*Krasiva. Mi kama.*« Er legt die Hände auf meinen Hintern und hebt mich an, damit er mich noch tiefer ausfüllen kann. Mein Inneres dehnt sich um ihn herum, passt sich langsam an seinen Umfang an. Aber nichts kann mir dabei helfen, mich an seine Länge zu gewöhnen. Aus diesem Winkel, an ihn gepresst und von der Schwerkraft nach unten gezogen, klopft seine Eichel bei meinem Muttermund an.

Ich zerre am Kragen seines Hemds. Knöpfe fliegen durch die Luft, als ich es aufreiße, damit ich den Mund auf seinen Hals stülpen kann. Ich stoße auf den von mir verursachten Schnitt und sauge kräftig daran. Sein Knurren vibriert herrlich durch mich und lässt mich um ihn herum pulsieren.

»Scheiße, Lula. Du bist noch mal mein Ende.«

Das ist der Plan. Ich fädle die Finger in sein Haar, blecke die Zähne und knabbere an der Ader, die sich vom Hals bis zur Schulter erstreckt. Sein Winterduft umfängt mich. Bevor ich richtig zubeißen kann, zieht er meinen Kopf an den Haaren hoch. Das Brennen an der Kopfhaut genügt, um mir einen weiteren Orgasmus zu bescheren.

Victors Stimme dröhnt wild durch meine Ohren, als sich mein gesamter Körper anspannt und ich mich um seinen Schaft herum zusammenziehe, als hätte der Höhepunkt meine inneren Muskeln in einen Schraubstock verwandelt. Er setzt mich wieder auf den Waschtisch und zieht sich zurück. Sein Hemd ist aufgerissen, sein Haar von meinen Fäusten zerzaust, und am Hals hat er ein rotes Mal von meinen Zähnen. Sein Mund ist zu einem knurrenden Ausdruck verzogen. Er sieht nicht aus, als hätten wir uns gerade geliebt. Eher so, als hätte er gekämpft.

Langsam weicht er zurück, bis sein Ständer in der Luft wippt. *Komm her*, bedeutet er mir, und ich tue es, folge ihm. Dabei reiße ich das Kleid weiter auf, damit ich es unterwegs abstreifen kann. Nackt bis auf die Stöckelschuhe warte ich, bis er das Schlafzimmer erreicht, bevor ich auf die Knie sinke. Auf allen vieren krieche ich mit wogendem Körper den restlichen Weg zu ihm. Meine Brüste schwingen, die Halskette baumelt dazwischen. Den Kopf behalte ich oben, den Blick auf Victor gerichtet, damit ich das Lodern der blauen Flamme in seinen Augen genießen kann. Ich bewege mich gleichzeitig wie ein Raubtier auf der Jagd, wie ein gehorsames Haustier, wie eine devote Sklavin unter der Kontrolle ihres Meisters. Meine Demütigung und sein Glück ergeben eine herrliche Hitze, die mich durch und durch wärmt.

Er setzt sich auf die Bettkante und wartet auf mich, zieht das Hemd aus und entblößt die Brust. So viele blasse, wie aus Stein gemeißelte Muskeln, prachtvoll genug, um Michelangelo die Tränen in die Augen zu treiben. Ich krieche zu ihm. Beim Anblick seiner umwerfenden Männlichkeit läuft mir das Wasser im Mund zusammen. Aber ich komme nicht dazu, damit zu spielen. Als ich danach greife, legt er die Hand um meinen Hals und zieht mich hoch zu seinem Gesicht. Seine Finger bohren sich in meine Kehle, während seine Lippen die meinen versengen und er mir Versprechen von Schmerz und Lust zuflüstert. Sehnsucht breitet sich in meinem Körper aus, meine Sicht verdüstert sich, bis ich blind vor Verlangen nach ihm bin.

Ich drücke gegen seine Schultern, damit er sich auf die Matratze zurücklegt, dann klettere ich auf ihn. Ich stütze mich mit den Handflächen auf seinen prallen Brustmuskeln ab, gehe über seiner Härte ihn Stellung und pfähle mich darauf.

Meine Halskette wippt, während ich ihn reite.

Seine Hand liegt wie ein Kragen um meine Kehle an und kontrolliert meine Bewegungen, obwohl ich oben bin. »Mi kama. Meine Waffe. Mein scharfzüngiges Schwert. Das Schicksal hat dich für mich geschmiedet.«

»Eine Scheide für den Dolch. Ein Dolch für die Scheide.«

»Du gehörst mir.« Jäh reißt er die Hüften hoch, rammt sich tief in mich.

»Ja.« Ich wiege mich auf ihm, nehme die Schmerzen hin, während er sich in mich hämmert. Gleichzeitig bohre ich die Fingernägel in seine blassen Schultern, will ihn blutig kratzen. »Und du mir. Weil ...« Ich zögere. Die Worte fühlen sich so scharf, so echt an, dass sie schneiden können. Mein Herz schmerzt wie ein blauer Fleck.

Aber Victor zeigt keine Gnade. »Sag es.«

»Ich liebe dich.« Und es ist die Wahrheit.

∽

VIELEN DANK, dass du Victors und Lucrezias Geschichte gelesen hast! Ich habe weitere Mafia-Frauen-Bücher geplant.

Lies in der Zwischenzeit Royals und Leahs Buch, Rache ist süß und hol dir hier die exklusive Zusatzgeschichte Ein Braten im Ofen.

Alles Liebe und viele blutige Poignards,

Lee Savino

EBENFALLS VON LEE SAVINO

Übersinnliche Liebesromane

Die Berserker-Saga
Verkauft an die Berserker
Gepaart mit den Berserkern
Entführt von den Berserkern
Übergeben an die Berserker
Gefordert von den Berserkern
Gerettet vom Berserker
Gefangen von den Berserkern
Verschleppt von den Berserkern
Gebunden an die Berserker
Berserker-Nachwuchs
Die Nacht der Berserker
Eigentum der Berserker
Gezähmt von den Berserkern
Beherrscht von den Berserkern
Den Berserkern ergeben

Berserker-Krieger-Romanze
Aegir
Siebold (mit Ines Johnson)

Bad-Boy-Alphas-Serie mit Renee Rose
Alphas Versuchung
Alphas Gefahr
Alphas Preis
Alphas Herausforderung
Alphas Besessenheit
Alphas Verlangen
Alphas Krieg
Alphas Aufgabe
Alphas Fluch
Alphas Geheimnis
Alphas Beute

Alphas Sonne
Alphas Mond
Alphas Schwur
Alphas Rache
Alphas Feuer
Alphas Rettung
Alphas Befehl

Mitternacht Doms mit Renee Rose
Alphas Blut
Seine gefangene Sterbliche
Die Jungfrau und der Vampir

The-Werewolves-of-Wall-Street-Serie mit Renee Rose
Der große böse Boss: Mitternacht
Der große böse Boss: Mondverrckt

∼

Romantische Science Fiction

Planet der Könige mit Tabitha Black
Brutale Verbindung
Brutaler Anspruch
Brutale Jagd
Brutales Biest
Brutaler Dämon

Die Meister der Tsenturion mit Golden Angel
Gefangene von Außerirdischen
Außerirdischer Tribut
Außerirdische Entführung

Drachen im Exil mit Lili Zander
Eine Sci-Fi Dreierbeziehung Romanze
Draekon Gefährtin
Draekon Feuer
Draekon Herz
Draekon Entführung
Draekon Schicksal

Ebenfalls von Lee Savino

Tochter der Dragons
Draekon Fieber
Draekon Rebellin
Draekon Festtag

Die Rebellion mit Lili Zander
Draekon Krieger
Draekon Eroberer
Draekon Pirat
Draekon Kriegsherr
Draekon Beschützer

Zeitgenössische Liebesromane

Der Soldat, der mich verführt
Ihre Daddys – zwei Rivalen
Die Schöne und die Holzfäller
Eingeschneit mit dem Holzfäller

Mafia-Bräute
Rache Ist Süß
Mein ist die Vergeltung

Königliche Herzensbrecher
Königlich Verdorben
Royally – falscher Verlobter

Eine dunkle Liebesgeschichte mit Stasia Black
Unschuld
Das Erwachen
Königin der Unterwelt

Die Liebe des Biestes mit Stasia Black
Die Gefangene des Biestes
Die Rache des Biestes
Die Liebe des Biestes

Historische Cowboy Romanze

Braut Per Mail
Rocky Mountain: Erwachen (German Edition)
Rocky Mountain: Braut (German Edition)
Rocky Mountain: Rose (German Edition)
Rocky Mountain: Wildfang (German Edition)
Rocky Mountain: Schurke (German Edition)
Rocky Mountain: Daddy (German Edition)
Rocky Mountain: Ritt (German Edition)

Romantische Western

Wild Whip Ranch-Serie mit Tristan Rivers
Cowboy's Babygirl
Zähmung seines wilden Mädchens

ÜBER DIE AUTORIN

Lee Savino ist *USA Today*-Bestsellerautorin. Außerdem ist sie Mutter und schokosüchtig. Sie hat eine ganze Reihe von Büchern geschrieben, die alle unter die Rubrik »smexy« Liebesgeschichten fallen. *Smexy* steht dabei für »smart und sexy«.

Sie hofft, dass euch dieses Buch gefallen hat.

Besucht sie unter:
www.leesavino.com
https://www.facebook.com/groups/LeeSavino
https://www.tiktok.com/@authorleesavino

Copyright © Mai 2024 von Lee Savino und Silverwood Press

∽

WARNUNG: Enthält düstere Themen und Elemente, die auf manche Menschen abschreckend wirken können. Genießen Sie es mit Vorsicht!

∽

Dieses Buch ist ein Werk der Fiktion. Die Namen, Charaktere, Orte und Begebenheiten sind Produkte der Fantasie der Autoren oder wurden fiktiv verwendet und sind nicht als real anzusehen. Jede Ähnlichkeit mit lebenden oder toten Personen, tatsächlichen Ereignissen, Orten oder Organisationen ist rein zufällig.

WARNUNG: Die unerlaubte Vervielfältigung dieses Werks ist illegal. Kriminelle Urheberrechtsverletzungen werden vom FBI untersucht und mit bis zu 5 Jahren Bundesgefängnis und einer Geldstrafe von 250.000 $ geahndet.

Alle Rechte vorbehalten. Mit Ausnahme von Zitaten, die in Rezensionen verwendet werden, darf dieses Buch ohne schriftliche Genehmigung der Autoren weder ganz noch teilweise vervielfältigt oder verwendet werden.

Dieses Buch enthält Beschreibungen vieler dunkler Sexualpraktiken, aber es ist ein Werk der Fiktion und sollte als solches in keiner Weise als Leitfaden verwendet werden. Der Autor und der Verlag übernehmen keine Verantwortung für Verluste, Schäden, Verletzungen oder Todesfälle, die sich durch die Verwendung der darin enthaltenen Informationen ergeben. Mit anderen Worten: Versuchen Sie das nicht zu Hause, Leute!

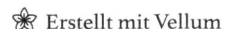

❦ Erstellt mit Vellum

Milton Keynes UK
Ingram Content Group UK Ltd.
UKHW022206040824
446478UK00004B/193